Әлисәнің ғажайып елдегі басынан кешкендері

Әлисәнің ғажайып елдегі басынан кешкендері

Alice's Adventures in Wonderland in Kazakh

Авторы

Льюис Кэрролл

Суретшісі

Джон Теnниел

Қазақшаға аударған

Фатима Молдашова

evertype

2016

Баспаға шығарған/*Publisher:* Evertype, 19A Corso Street, Dundee, DD2 1DR, Scotland. *www.evertype.com.*

Әлисәнің ғажайып елдегі басынан кешкендері (*Älïsäniñ ğajayıp eldegi basınan keşkenderi*). Ағылшын тілінде/Original title: *Alice's Adventures in Wonderland.* Авторы/Author: Льюис Кэрролл/Lewis Carroll.

Аударған/*This translation* © 2016 г. Фатима Молдашова/*Fatima Moldashova.*
Баспаға дайындаған/*This edition* © 2016 г. *Майкл Эверсон*/Michael Everson.

Алғашқы баспа/*First edition* 2016 г. Reprinted with corrections June 2019.

Бұл кітаптың каталог басылымы Британдық кітапханада сақталған.
A catalogue record for this book is available from the British Library.

ISBN-10 1-78201-175-7
ISBN-13 978-1-78201-175-0

Гарнитура De Vinne Text, Mona Lisa, ENGRAVERS' ROMAN, және *Liberty*. Майкл Эверсонның жинағы.
Typeset in De Vinne Text, Mona Lisa, ENGRAVERS' ROMAN, *and Liberty by* Michael Everson.

Суретін салғандар/*Illustrations:* *Джон Тенниел*/John Tenniel, 1876.

Мұқабасын дайындаған/*Cover:* *Майкл Эверсон*/Michael Everson.

Алғы сөз

Льюис Кэрролл лақап аты: Автордың шын есімі Чарльз Лютвидж Доджсон; ол Оксфордта Крайст-Черчте математикадан дәріс берген. Бұл шығарманың басы 1862 жылы 4 шілдеде Доджсон Оксфордта Темза өзені бойымен қайық есу сапарына шыққанда басталған еді. Сапарда онымен бірге Мәртебелі Робинсон Дакворт, Краист-Черчтің деканының қызы Әлисә Лидделл (он жаста), және оның апасы Лорина (он үш жаста), сіңлісі Эдис (сегіз жаста) болатын. Кітаптың басындағы өлеңде айтылғандай, үш қыз Доджсоннан әңгіме айтып беруді өтініп, ол алғашында шығарманың алғашқы нұсқасын айта бастады. Кітаптағы кейбір жасырын сілтемелер сол бесеуге қатысты еді; ол өз алдына басылым боп 1865 жылы шықты.

Жүз елу жыл өткеннен кейін *Әлисәнің ғажайып елдегі саяхатының* ағылшыннан қазақшаға аударылу қажетті-лігі неден туды деген сұрақ келеді: Оқырманы кім болып табылады? Күні кешеге дейін қазақ оқырмандары Кэрроллдың шығармасы немесе басқа да батыс шығар-маларымен тек орыс тілі арқылы оқып-танысқан еді. Алайда Кеңес Үкіметі құлдырағаннан бері қазақ тілінің беделі өсіп, қоғамның барлық саласында маңызды орын ала бастады. Айтып өтсек, бұл шығарманың ағылшыннан қазақшаға аударылу қажеттілігі Қазақстанның соңғы жиырма жылдықта басынан кешірген мәдени және социолингвистикалық өзгерістерін білдіреді.

Қазақ тілінің "нормаға ену" құбылысы *Әлисәнің гажайып елдегі саяхатының* осы аудармасында анық байқалады (әсіресе алдыңғы аудармалармен салыстырғанда). Алдыңғы аудармада, басты кейіпкер орыс тілінен тікелей аударыла отырып, қыздың аты Алиса деп берілсе, бұл жолғы аудармада қазақ тілінің дауысты дыбыс заңына сай Әлисә деп беріледі.

Бұл бір мысалдың өзі, яғни автордың қазақша нұсқауды таңдауы Қазақстанның өзінде де көптеген жеке атаулардың "қазақшалану" бағытына көшу кезеңімен сәйкес келеді. Екі елдің тарихи қарым-қатынасын ескере отыра, кейбір сөздер әлі де орыс тілі баламасымен беріліп отырғанын байқайсыз: мысалы, ағылшын тілінен кейіпкердің Герцогиня деп аударылуы. Дегенмен де, жалпы айтқанда, бұл аудармада мұндай құбылыс өте сирек кездеседі: мысалы алдыңғы аудармада бір кейіпкер Королева деп берілсе, бұл жолы Мәтке деп аударылды.

Фатима Молдашова
Вентура, Калифорния, 2016

Foreword

Lewis Carroll is a pen-name: Charles Lutwidge Dodgson was the author's real name and he was lecturer in Mathematics in Christ Church, Oxford. Dodgson began the story on 4 July 1862, when he took a journey in a rowing boat on the river Thames in Oxford together with the Reverend Robinson Duckworth, with Alice Liddell (ten years of age) the daughter of the Dean of Christ Church, and with her two sisters, Lorina (thirteen years of age), and Edith (eight years of age). As is clear from the poem at the beginning of the book, the three girls asked Dodgson for a story and reluctantly at first he began to tell the first version of the story to them. There are many half-hidden references made to the five of them throughout the text of the book itself, which was published finally in 1865.

A question will help explain why—one hundred and fifty years later—an English-to-Kazakh translation of *Alice's Adventures in Wonderland* is so necessary: Who is the audience? Until recently, Russian-language renditions were the sole medium through which Kazakhs came in contact with Carroll's magnum opus, or any Western literature for that matter. In the years since the dissolution of the Soviet

Union, however, the Kazakh language has begun to acquire a higher level of prestige and growing acceptance in all strata of society. Indeed the need for an English-to-Kazakh translation reflects the momentous cultural and sociolinguistic changes that Kazakhstanis have witnessed over the past few decades.

The "normalization" of the Kazakh language is manifest in this most recent translation of *Alice's Adventures in Wonderland*, especially when juxtaposed with earlier renditions. Whereas the title of previous versions borrowed the Russian Алиса (*Alisa*) for "Alice," this edition employs an arguably more accurate transliteration, namely Әлисә (*Älisä*), which adheres to Kazakh's front/back system of vowel harmony. Although seemingly minor, this choice coincides with the growing emphasis on "Kazakhification" of names, both foreign and domestic.

Considering the historical relationship of the two peoples, it is not surprising that Russian nonetheless continues to supply some of the central vocabulary, such as Герцогиня (*Gercogïnya*) for "the Duchess". Such examples constitute exceptions though, as generally speaking this version does give preference to Kazakh, for example Мәтке (*Mätke*) in place of Дама (*Dama*) or Королева (*Koroleva*) and Райса, Айжан, және Маруся (*Raysa, Ayjan, jäne Marwsya*) for "Elsie, Lacie, and Tillie" from the Dormouse's story. These three almost archetypal Kazakh names in fact derive from a popular folk song "Он алты қыз" ("*On altı qız*", "*Sixteen Girls*"), in which the male singer lists girls' names in a random fashion, and thus connote an additional layer of meaning, not unlike the seemingly nonsensical English text.

Fatima Moldashova
Ventura, California, 2016

Әлисәнің ғажайып елдегі басынан кешкендері

Мазмұны

Алтын түстің бірінде
Рахаттана мызғыймыз;
Екі ескекті ескенше,
Талмайды қолдарымыз,
Алақанда алақан,
Серуенге беттейміз.

Әттеген қатал! Сол Үшеу мына шақта,
Ғажайып нұрдың астында,
Баяу сырлы үнменен,
Үкіні бір сәл түрткен!
Әттеген, жалғыздың үні шықпас
Үш кесірдің аузын жаппас!

Билікке кенелген Бірлік,
"Баста" деп "кәне" бұйырды.
Екілік болса жәйменен,
"Бұл не деген сандырақ!"
Үштік келіп ортаға
Ертегіні шорт бөлді.

Тыныштық орнап бір сәтте,
Қиялды сәби жетелей,
Ғажайып жаңа ел -жерге,
Құс-аңмен бірге тілдесе—
Ақиқат деп, күмәнсіз.

Сыр түбіне жеткенше
Қиялдың жағын шөл басар,
Шалдыққан ана немене
Пікірін келіп енді айтар,
"Жалғасы қалсын ертеңге!"
Естілді үндер шаттана.

Ғажайып Елдің өсуі:
Батқан күнмен теңесті,
Елесті сәттен ояна—
Шаттыққа толы көңілмен
Беттедік үйге сеніммен.

Әлисә! Бүлдіршін тәтті үніңмен,
Аппақ балғын көңілмен,
Қиялдар бірге шындасқан,
Көшпендінің ізіндей
Алыстан көзге ілінер.

I Бөлім

Қоянның ізімен

Әлисә өзен жағасында әпкесімен бірге құр қол отырудан жалықты: әпкесі оқып отырған кітапқа бір-екі рет көз салып еді, онда не сурет, не қызық әңгіме жоқ екен, "бұл кітаптың не пайдасы бар?" деп ойлады ол. "Не суреті, не әңгімесі жоқ."

Әлисә түймедақ теріп алып, моншақ жасаймын ба деп ойлап отырғанда (ыстық күн ойынан шатыстырып, ұйқысын келтіріп, ойын есеңгіретті), кенеттен жанынан ақ қызыл көзді Ақ Қоян жүгіріп өтті.

Таңқаларлық ештеңесі жоқ деп ойлаған ол; тіпті "Қап бәлем! Қап бәлем! Кешіктім-ау!" деген қоянға көп мән бермеді. (соңынан ойлап қараса, өзінің қоянға мән бермегеніне таң қалды, сол мезетте қоянның сөйлеуі бұған оғаш көрінбеген еді); дегенмен, Қоян *бел қалтасынан қол сағатын алып*, бір қарап, асыға басқанында, Әлисәнің тұла бойы дірілдеп кетті, бұрын ол бел қалталы шапан киген, сағат ұстаған қоян көрмеген еді. Қыз Қоянның артынша жүгіріп ілескенде, қоян шарбақ түбіндегі үлкен тесікке кіріп үлгерді.

Келесі мезетте Әлисә қоянның ізімен інге лып етті, ойына бұл жерден қалай қайта шығам деген ой да келмеді.

Қоян іні ұзыннан созылып, тереңдей түсті де, Әлисә тоқтасам ба деп ойлап үлгерместен, төменге қарай құдыққа зымырай түсті.

Құдық әлде тым терең болды ма, әлде ол баяу сырғанады ма, Әлисәнің алда не күтіп тұр деп ойлауына уақыт молынан жетті. Алдымен ол көзін төменге салды, бірақ қараңғыдан алдында не тұрғанын көре алмады; содан ол құдықтың қабырғаларына қарады; құдық шкаф пен кітап сөрелеріне толы екенін байқады: ілгіштерге суреттер мен карталар ілінгенін көрді. Жолай сөрелердің ішінен бір құтыны алып қарады: шөлмектің сыртында "АПЕЛЬСИН

МАРМЕЛАДЫ" деп жазылған екен, өкінішке орай, ішінде ештеңе қалмапты: Әлисә құтыны біреуді өлтіріп алармын деп төменге лақтырғысы келмеді, осылайша құлап бара жатып құтыны шкафтың біріне қойып үлгерді.

"Ал, жарайды!"деп ойлады Әлисә. "Бұндай тереңдіктен кейін, мен баспалдақтан құлаудан қорықпаспын! Үйдегілер мені батыр дер! Мен оларға үйдің төбесінен құласам да ешнәрсе айтпаспын! (Бұлай деуі өтірік емес еді.)

Төмен, төмен құлдырай. Бұл құлаудың шегі бола ма? "Құлап келе жатқаныма неше шақырым болып қалды екен?" деп дауыстап айтты ол. "Жердің ортасына таяп қалған шығармын. Қане, ойлап көрейін: егер олай болса, төрт мың шақырым тереңдік, жорамалдауымша—" (Әлисә мектепте осындай нәрселерді үйренген, өзінің білімін айтып мақтанайын демесе де, қайталауы артық етпес еді) "—иә, бұл мың шақырымға ұқсайды—алайда, мен ұзындығы мен енін қалай білемін?" (Әлисәнің ұзындық пен ен жөнінде хабары болмады, әйткенмен бұл сөздер құлаққа жағымды болып естілді.)

Ол тағы ойлана бастады. "Мен жердің *ортасын* жарып түсермін бе екен! Төбелерін төңкеріп жүрген кісілердің арасынан бір-ақ шықсам қызық көрінер! Оларды қалай дейтін еді, Жеккөрініштілер, дейтін бе еді—" (осы сәтте Әлисә өзін ешкім тыңдап тұрмағанына қуанды, өйткені бұл сөз біртүрлі болып естілді) "—бірақ та, мен олардан бұл не ел екенін сұрауым керек, өзіңіз түсінесіз. Кешіріңіз, апай, бұл Жаңа Зеландия ма әлде Австралия ма?" (ол сөйлеген кезде тізесін бүгіп, иілуге тырысты—ауада құлап бара жатып тәжім етуді елестете аласыз ба! Сіз бұлай жасай алар ма едіңіз?) "Солай сұрасам, мені надан қыз деп ойлар! Жоқ, ендеше сұрамаймын: мүмкін бір жерде жазылған шығар."

Төменге, төменге, төменге. Әлисә не істерін білмеген-дІктен, қайтадан сөйлей бастады. "Дина мені қатты сағынатын шығар деп ойлаймын!" (Дина мысығының аты болатын.) "Олар оған шәй ішу кезінде сүт беруді ұмытып кетпесе болар еді. Айналайын, Динам! Сен қазір менімен бірге болмағаның қандай өкінішті! Ауада тышқан ізімен жоқ, бірақ сен жарқанат ұстауың мүмкін, ол да тышқан сияқты ғой. Осы мысықтар жарқанат жей ме?" Осы сәтте Әлисәнің ұйқысы келе бастады, өз-өзіне ұйқылы айта бастады, "Мысықтар жарқанат жей ме? Мысықтар жарқанат жей ме?" кей-кезде, "Жарқанат мысық жей ме?" көріп отырғаныңыздай, бұл сұрақтың жауабын Әлисә өзі де білмеді, сөйлемді қалай қылып айтса да, жауабын бәрібір таппады. Бір сәтке оның көзі жұмылып, түсінде Динамен қол ұстасып бара жатқан, "Ал, Дина шыныңды айтшы, сен өміріңде жарқанат жеп көрдің бе?" деп сұрай бастағанда, дүрс-дүрс етіп ол құрғақ жапырақтар мен үйір таяқтардың үстінен түсті, құлаудың да шегі жетті.

Әлисәнің еш жері ауырмады, орнынан тез арада ұшып тұрды: басын көтеріп еді, қараңғы екен: алдында тағы бір ұзын дәліз, Ақ Қоян шапшаң жүріп бара жатыр екен. Әлисәға сәл де кідіруге болмайды: желдей ұшып, қоянның бұрыла бергенде айтқан сөзін естіп үлгерді, "Қылқаным мен құлағым-ай, кешіктім-ау!" Әлисә қоян бұрылғанда артында тұрып еді, енді қараса қоян жоқ болып кетті: оның орнына шам жағылған ұзын дәлізге тап болды.

Дәлізде есіктер көп екен, бірақ бәрі бірдей құлыптанған; Әлисә есіктерді ашып көремін деп әрлі-берлі сенделіп, ашылмайтынына көзі жетіп, бұл жерден енді қалай шықпақпын деп көңілі жабырқады.

Кенеттен ол әйнектен жасалған үш аяқты үстелге тап болды: оның үстінде кішкене алтын кілттен басқа еш нәрсе болмады, Әлисә бұл кілт көп есіктің бірін ашар деп жорамалдады; әттең-ай! есік құлыптарының тесігі не тым үлкен, не тым кіші болып шықты, кілт ешбіреуіне де үйлеспеді. Дегенмен, екінші рет айналып келгенде Әлисә төменірек ілінген пердеге кезікті, бұрын оны байқамаған еді, перденің артында кішкене отыз сегіз сантиметрлі есік тұрды: ол кілтті есіктің құлыбына салды, Әлисәнің жолы болып, кілт дәл үйлесті!

Әлисә есікті ашқанда ар жағынан кішкентай жол көрді; егеуқұйрықтың інінен сәл үлкен: ол иіліп қарағанда, өмірінде бұрын көрмеген ғажайып бақты көрді. Осы кез бойы ол қараңғы дәлізден құтылып шығып, сол бір құлпырған гүлдер мен фонтанды аралауға асыққан еді, бірақ есікке басын да сиғыза алмады; "ең болмағанда басым *өтсе*," деп ойлады байғұс Әлисә, "иықсыз баспен не бітірмекшімін. Телескоп секілді бір бүктеле алсам, шіркін! Байқап көрсем, мүмкін бүктеле алармын." Өзіңіз көргеніңіздей, соңғы уақыттары соншама көп ерекше құбылыстар болып жатырғандықтан, Әлисә мүмкін емес нәрселердің аз болуы ықтимал деп сенді.

Кішкене есіктің жанында күтуден еш нәтиже шықпады, сондықтан ол үстелге қайта оралды, мүмкін басқа кілт не телескоп сияқты бөктеліп қалуды үйрететін кітап табармын ба деп үміттенді: бұл жолы ол үстелден кішкене шөлмек тапты ("шөлмек бұрын болмаған еді ғой," деп ойлады Әлисә), шөлмектің бойында "МЕНІ ІШ" деген үлкен әріптермен әдемі жазылған қағаз болды.

"Мені іш" деп айту оңай, бірақ Әлисә *олай* оңай іше салмас. "Жоқ, мен оны бірінші тексеріп көремін," деп айтты ол, "'*у*' деген жазуы бар ма әлде жоқ па қарайын"; ол байқаусызда күйіп қалған не жабайы аңдарға жем болған балалар туралы әңгімелер естіген еді, олардың жамандыққа ұрыну себебі қарапайым ережелерді естеріне сақтамағандықтан болған еді, мысалы қызыл тікенекті книфофияны тым ұзақ ұстасаң, қолыңды күйдіріп аларсың; және де саусағыңды пышақ терең кесіп кетсе, әдетте қан шығады деген сөз; бұның бәрі Әлисәнің есінде, солайша "у" деген жазуы бар шөлмектен көп ішсең, ол сенімен ерте ме кеш қоштасуы мүмкін.

Алайда шөлмекте "у" деген жазу болмады, сондықтан Әлисә дәмін татып көруге бел буды, сусын тәтті боп (шие, қаймақ, ананас, бұқтырылған түйеқұс еті, шоколад және май жағылған ыстық нанның араласқан дәмі келді), қыз оны тез арада төңкеріп тастады.

"Не деген қызық әсер!" деп ойлады Әлисә; "мен телескоп секілді бүктеліп жатырған сияқтымын."

Шынымен де солай болып шықты: қазір оның бойы он-ақ сантиметр еді, Әлисәнің ойына көркем бау-бақша түсіп, оның есігіне енді сыярмын деген ойдан бет алды жарқырап сала берді. Ең алдымен ол тағы да кішірейемін бе деп сәл күтіп көрді: қобалжып; "өзіңіз сезетіндей, бұның аяғы," деп айтты өз-өзіне Әлисә, "менің майшам секілді кішірейіп қалуыма әкелуі мүмкін. Сонда мен қалай болып өзгеремін?" Осылайша ол майшамды үріп тастағанда жалыны қандай болатынын көз алдына елестетпекші болып еді, бірақ ондайды бұрын көрмеген болып шықты.

Едәуір уақыт өте, бұрынғы қалпында екенін көріп, Әлисә бауға бет алды; қап, әттеген-ай, қыздың жолы болмады! Ол есікке жеткенде, алтын кілтті ұмытып кеткенін білді, табамын деп үстелге оралғанда, алуға бойы жетпеді: кілтті әйнектен анық көріп тұр, үстелдің аяғымен шықпақшы болып еді, үстел үсті тайғанақ болып; бірнеше рет ұмтыл-ғанымен, еш нәтиже болмады, әуреге түскен бейшара кішкентай қыз жерге отыра кетіп, жылай бастады.

“Доғар, бұлай көз жасымды төккенен түк шықпас!” деді Әлисә кенеттен; “Жылауды қою керек!” Ол өзіне тым жақсы кеңес берді (дегенмен ол өзіне берген кеңесін тыңдай бермейтін), кей-кезде ол көзіне жас келгенше, өз-өзін дым қалдырмай сөгетін; бір күні ол өзімен өзі ойнаған крокет ойынында өзін алдағаны үшін құлағын соққылаған еді, бұл қызыққұмар қыз бір өзі екі қыз боп ойнағанды ұнататын. “Бірақ бұдан қазір ештеңе шықпас,” деп ойлады Әлисә, “екі кісі боп ойнаудан! Дұрыс бүтін *бір* қыз бола алсам қалай!”

Көп ұзамай оның көзі үстел астындағы кішкентай әйнек қорапшаға түсті: ашып қарады, ішінде “ЖЕШІ МЕНІ” деп қызыл мейізбен жазылған сөзі бар өте кішкентай тортты көрді. “Жарайды, жейін,” деді Әлисә, “бойымды өсірсе, кілтке қолым жетер еді; кішірейтсе, есіктің астымен өте аламын; қалай болғанда да бау-бақшаға өтермін, не болса да маған бәрібір!”

Ол бір тістеп, өзіне қобалжи, “Қай бағытқа? Қай бағытқа?” деді басына қолын қойып тұрып; бірақ та бойы өзгермегеніне таң қалды . Дәлірек айтсақ, әдетте торт жегенде адам бойы өзгермейтін еді; бірақ Әлисә әдеттен тыс нәрселердің болуына үйреніп бара жатырған, күнделікті тыныс-тіршіліктің өз бетімен болуы қызық емес еді.

Қайта оралып, тортты бітіріп жеп алды.

Көлдей болған жас

"Қызықтырғыш, тағы қызықтырғыш!" деп айқай-лады Әлисә (қатты таңқалғаны соншалық, бір сәтке тәуір қазақша сөйлеуден жаңылысты). "Енді мен ең үлкен телескоптай ашылып жатырмын! Қош бол, аяқтарым!" (төмен үңіліп қарағанда, аяқтары алшақтап бара жатқандай). "Бейшара кішкене аяқтарым, енді кім сендердің аяқ киімдерің мен шұлықтарыңды кигізеді? *Менің* кигізе алмайтыным анық! Мен сендерді ойлаймын деп қапаланбаймын: бір жолын өздерің табыңдар—қой, оларға бір аяушылық көрсетейін," деп ойланды Әлисә, "әйтпесе олар мен барам деген жерге жүрмей қалар! Қане, көрелік. Әр жаңа жыл сайын мен оларға жаңа етік берермін."

Енді ол бұл жоспар жөнінде ойлана бастады. "Ат шанамен жіберемін," деп ойлады; "өз-өзіңнің аяғыңа сый жіберу қызық болар! 'Бағыт беру тіптен қызық болар!

Әлисәнің Оң Аяғы,

    Пеш алдындағы

       киіз,

          (құрметпен Әлисә).

Құдайым-ай, мен не сандырадым!"

Дәл осы сәтте Әлисәнің басы төбеге барып тірелді: оның бойы енді екі метрден астам, ол жылдам алтын кілтті іліп алып, баубақшаға асықты.

Байғұс Әлисә! Қолынан келетіннің бәрін жасап көрді, бір жағына қисая жатты, баубақшаға бір көзбен қарап көрді; әттең, бақшаға өтуден үміт үзілгендей: ол енді отыра қалып, жылай бастады.

"Ұялсаңшы," деді Әлисә, "сен секілді керемет қыз," (айта салмақ осылайша), "жылауыңды қарашы! Қане, доғар, бұйырамын!" Әйткенмен жылауды тыймады, шелектеп жылады, біртіндеп айналасы көлге айналды, бір метрдей терең, дәліздің ортасына жеткен.

Сәлден кейін алыстан аяқтың тықылы естілді, қыз көзін уқалап, кім келе жатыр деп қарады. Қайтып келе жатқан Ақ Қоян болды, сәндене киінген, бір қолында балалардың ақ қолғабы бар, екінші қолында желдеткіш: қоян асыға тықылдап келеді, жүрген сайын өзіне айтып қояды, "Әй! Герцогиня, Герцогиня! Әй! Мен оны күттіріп қойсам ол ызалы *болмай* ма!" Әлисә әбден тынышсызданып, ол кімнен болса да көмек сұрауға дайын еді: солайша, қоян оған жақындағанда, қыз ұяң дауыспен, "Мырза, өтінемін—" Қоян үркіп кетті, ақ қолғабы мен желдеткішін тастай салып, қараңғы жаққа барынша асыға ұмтылды.

Әлисә желдеткіш пен қолғапты жерден алып, дәліз өте ыстық болғандықтан, ол өзін желдете және әндете жүрді. "Қарағым-ай, қарағым-ай! Бүгін бәрі өте оғаш! Кеше ғана-ақ бәрі бір қалыпты болып көрініп еді! Бір түнде өзгеріп шықтым ба? Ойланып көрейін: таңда мен басқаша *болдым* ма? Меніңше өзімді бір түрлі сезінген сияқтымын. Мен өзгергем болсам, сонда келесі сұрақ 'Мен кіммін?' Бұл үлкен жұмбақ!" Ол өзі жастас құрбыларын еске алды, солардың біреуіне айналып кеткені ме?

"Ада болуым мүмкін емес," деп ойлады, "оның шашы ұзын ширектенген, ал менікі ширектенбеген; Мабел болуым да мүмкін емес, мен осыншама көп нәрселерді білемін, ал ол өте аз біледі! Оның үстіне *ол* ол ал *мен* менмін—Құдайым ай, бұл неткен жұмбақ! Кәне, бұрын білетін нәрселерімді еске түсіріп көрейін. Көрелік: төрт жердегі бес он екі, төрт жердегі алты он үш, төрт жердегі жеті—құрыдым! Бұл сиқыммен жиырмаға бармаспын! Дегенмен Көбейту Кестесі ештеңені білдірмейді: Географияны қарастырып көрейік. Лондон Париждің астанасы, Париж Римнің астанасы, Рим—жоқ, *бұның* бәрі қате, күмәнім жоқ! Мен Мабелге айналған болуым керек! Айтып көрейін '*Кішкене—*'," сабақта жауап беріп жатырғандай қолын алдына қойып, қайталай бастады, бірақ даусы өзіне қарлыға және жатық шықты, сөздер бұрынғыдай құйылмады:—

> *"Бұл кішкентай крокодил*
>   *Алтын құйрығын жалады,*
> *Нил өзенін көпіртіп*
>   *Толқынменен жабады!*

> *"Қуанып бір мәз болып,*
>   *Тырнақтарын кең жазды,*
> *Ашыққан аузын кең ашып,*
>   *Балықтарды жапырды!"*

"Бұл жолдар дұрыс емес," деп ойлады байғұс қыз, көздері жасқа тола, "Аяғында мен Мәбел болармын, олай болса ана тар үйде тұруым керек, ойыншықтарым да болмас, көп дәріс те болмас оқитын! Жоқ, бұл туралы шешімді қабылдайын: егер Мәбел болсам, бұл жерде қалам! Олар бастарын сұғып, маған 'Бері шық, айналайын!' десе, мен оларға 'Мен сонда кіммін? Бірінші соны айт, маған сол кісі болу ұнаса ғана шығамын: ұнамаса, біреу келгенше осында қаламын'—құдайым-ай!" деп кенеттен Әлисә жылап жіберді, "Біреу басын *сұқса* екен! Бұл жерде жалғыз отырудан *әбден* жалықтым!"

Сөзін аяқтап, қолына үңілгенінде, Қоянның кішкене ақ бала қолғабының бірін қолына кигенін байқамай қалды. "Бұлайша *қалай* жасағаным?" деп ойлады ол. "Қайта кішірейіп жатырғаным болу керек." Орнынан тұрып, бойын өлшеу үшін үстелге жақындады, бойы қазір алпыс сантиметрдей болыпты, жылдам кішірейіп бара жатыр: бұның себебі ұстап тұрған желдеткіштен екенін байқады, уақытында желдеткішті қолынан тастап жіберді.

"Соға жаздады!" деді Әлисә, тірі қалғанына қуанып, кенеттен болған өзгерістен шошына. "Ал енді саябаққа аттанайық!" Кішкене есікке беттей жүгірді; әттеген-ай! Кішкене есік тағы жабылып қалды, кішкентай алтын кілт бұрынғысынша әйнек үстелдің үстінде жатты, "жағдай бұрынғыдан да қиын," деп ойлады байғұс сәби, "мен мұндай кішірейіп көрмеп едім! Бұл тым аярлық жағдай деп жариялаймын!"

Осылай дей бергенде аяғы тайып түсті, келесі мезетте, шылп! тұзды суға иегіне дейін батып кетті. Ол алғашында теңізге түсіп кеттім бе деп ойлады, "солай болса, теміржолмен қайтармын," деді ол өз-өзіне. (Әлисә теңіз жағасында өмірінде тек бір рет болып көріп еді, және оның пайымдауынша ағылшын жағажайдың қай тұсына барсаң да, теңізде суға түсетін арбаларды, ағаш қасықпен құм қазып отырған балаларды, қатарланған жатаханаларды, оның артында теміржолды көресің.) Дегенмен, көп ұзамай ол үш метр кезіндегі көзінен төккен жастан жиналған көлдің ішінде тұрғанын байқады.

"Осыншама жас төкпейтін кісімін!" деді Әлисә, шығатын жолын іздеп жүзе бастады. "Енді менің сазайымды беретін болды, жасыма батырып! Оғаш болып көрінер! Бірақ, бүгін бәрі оғаш."

Сол сәтте көлде шылп еткен дыбыс шықты, Әлисә жақындап көрді: алғашқыда морж не бегемот па деп ойлады, бірақ бойының кішкентайлығы есіне түсіп, өзі сияқты шағын тышқан екенін көрді.

"Енді бұдан не шығар," деп ойлады Әлисә, "бұл тышқанға сөйлесем? Бұл жерде бәрі өзгеше болғандықтан, тышқанға да тіл біткен шығар деп ойлауым артық емес." Осы оймен, ол былай деді: "Әй тышқан, сен бұл жерден қалай шығуға болатынын білесің бе? Мен бұл жерде жүзуден әбден жалықтым, тышқан достым!" (Әлисә тышқанға осылай сөйлеу дұрыс болар деп ойлады: ол бұрын осындай жағдайды басынан кешіріп көрмеген, бірақ ағасының Латын Грамматика кітабынан көргені есінде еді, "Тышқан—тышқанның—тышқанға—тышқанды— тышқан туралы!". Тышқан Әлисәға таңырқаған кейіппен қарады, бір көзін қысқандай болды, бірақ тіл қатпады.

"Мүмкін ол қазақша түсінбейтін шығар," деп ойлады Әлисә; "Бұл француз тышқаны шығар, Басып алушы Уильяммен бірге мұнда кел." (Әлисә тарихтан көп хабардар болғанымен, қай оқиғаның қай кезеңде болғаны есінде жоқ.) Солайша ол: "Où est ma chatte?", бұл сөйлем оның француз оқулығындағы бірінші сөйлем болатын. Тышқан кенеттен судан секіріп шықты, денесі түршіккендей болды. "Ғафу етіңіз!" деді Әлисә, байғұс жәндікті ренжітіп алдым ба деп. "Саған мысықтар ұнамайтыны есімнен шығып кетіпті."

"Ұнамайды мысықтар!" деп шыңғырды тышқан ащы дауыспен. "Менің орнымда болсаң, *саған* мысықтар ұнар ма еді?"

"Мүмкін, ұнамас," деді Әлисә жұбатып: "бұл үшін ренжіме. Мысығым Динаны саған көрсетсем, шіркін: Оны көрсең, мысықтар жайында пікірің өзгерер еді. Ол сондай тыныш мысық," деп Әлисә жүзе жүріп, әңгімесін жалғастырды, "пештің қасында пырылдап, беті-аузын жалап отырады да қояды—бағуға сондай ыңғайлы—тышқан аулауға да шебер—ой, ғафу етіңіз!" деп қатты дауыстап қалды тағы Әлисә, бұл кезде Тышқан жүндерін үрпитті. "Қаласаң, мысығым жөнінде енді бұдан әрі біз әңгіме етпейміз."

"Біз, деймісіз!" деді Тышқан құйрығының ұшына дейін дірілдеп. "Мені осы тақырыпта әңгіме айтады деп ойлайсыз ба?! Отбасым мысықтарды қашанда *жек көрген*: жиіркеніпті, төмен пенделер! Атын енді атай көрмеңіз!"

"Шынымен де атамаспын!" деді Әлисә, әңгіменің бетін бұрмақ болып. "Саған—саған—иттер ұнай ма?" Тышқан жауап қатпады, Әлисә әрі қарай жалғастырды: "Біздің үйдің қасында тәп-тәуір кішкентай ит бар, саған көрсетсем деймін! Кішкене жарқын көзді терьер, сондай ұзын бұйра қоңыр шашы бар! Лақтырған нәрсеңді қағып алып, отыра қалып кешкі асын сұрайды, тағы да басқа неше түрлі өнері бар—ойыма көбі түспей тұр—фермердің иті, оның айтуы бойынша ол ит жүз фунтқа тұрарлық пайдалы ит! Бүкіл сұртышқанның көзін жояды екен—әттең, қап!" деді Әлисә өкінішті үнмен, "Тағы ренжітіп алдым ба!" Тышқан қыздан қашып, көлшікте шылпылдатып жүзе жөнелді.

Әлисә артынша жәй үнмен, "Тышқан, достым! Қайтып кел, қаласаң, біз мысық та, ит те туралы әңгіме айтпаймыз!" Мысық бұл сөзді естігенде, бұрылып, қызға қарай жүзе келді: келбеті қансыз, (толқып тұр деп жорамалдады Әлисә), дірілдеген дауыспен, "Жағаға жақындайық, мен саған бүкіл тарихымды айтамын, содан кейін менің мысық пен итті неге жек көретінімді түсінерсің."

Қайтатын уақыт таяды, көл құстар мен аңдарға тола бастады: Үйрек пен Додо, Лори мен Жас Бүркіт, және тағы да басқа қызық жаратылыстар. Әлисә бастап, қалғандары артынан еріп, жағаға жақындады.

III Бөлім

Кокус жарысы және ұзын құйрық

Жағаға жиналған жұрт расында біртүрлі еді— құстар қанаттарын сүйреп жүр, аңдар оларға сүйенгендей, барлығы бірдей ашулы, үстері су және өздерін ыңғайсыз сезінгендей.

Ең алғашқы сұрақ, қалайша үстімізді кептіреміз: олар соны ұзақ талқылады, сәлден кейін Әлисә олармен ескі таныс ретінде сөйлесе бастады. Шынымеде, Лоримен ұзақ таласып, соңында Лори қабағын түйіп алып, тек қана "Мен сеннен жасым үлкен, сондықтан сеннен артық білуім керек," деп айтты. Әлисә оның жасын білмегендіктен және Лори жасын айтудан бас тартқаннан кейін, одан әрі сөз қозғалмады.

Ақырында қолында билік бар Тышқан былай деп жария салды, "Бәрің де бірдей тізе бүгіп, мені тыңдаңдар! *Мен жақын арада сендердің бәріңнің үстін судан кептіремін.*" Бәрі бірдей шеңбер жасап отыра қалды. Әлисә олардан көз алмады, жақын арада үстімді кептірмесем салқын тиіп қалар деп ойлады.

"Хмм!" деді Тышқан салмақты дауыспен. "Дайынсыңдар ма? Бұл мен білетін ең құрғақ нәрсе. Үндеріңді өшіріңдер, өтінем! 'Жаулап алушы Вильям, Папаның құптауымен, көп кешікпей басшы іздеген ағылшындарға мойнын ұсынды, соңғы кезде ол жаулап алу мен заңсыз басып алуға бойы үйреніп кеткен еді. Әдвин мен Моркар, Кешірімділік пен Солтүстік Умбрияның қырандары—'"

"Аа!" деді Лори суықтан дірілдеп.

"Мархабат!" деді Тышқан қабағын түйе, бірақ сыпайы үнмен: "Бірнәрсе дедіңіз бе?"

"Жоқ, демедім!" деді Лори асыға.

"Сіз бірдеңе дегендей болдыңыз," деді Тышқан. "Жал-ғастырайын. 'Мерсия мен Нортумбрияның қырандары,

Әдвин мен Моркар оны жария етті, тіпті Кентербéридің архиепискобы Стигэнд де оны құптады—'"

"*Нені* құптады?" деді Үйрек.

"*Соны* құптады," деп Тышқан ызамен жауап қатты: "сіз 'соны' деген нені білдіретінін білмеуіңіз мүмкін емес."

"'Соны' деген нені білдіретінін мен өте жақсы білемін, бір нәрсеге көңілім ауса," деді Үйрек: "әдетте ол бақа не құрт. Менің сұрағаным архиепископтың құптағаны не?"

Тышқан бұл сұраққа мән бермеді, бірақ асыға жалғастырды "'—Әдгар Этелингмен бірге барып Вильямге жолығып, оған тәжіні ұсынды. Вильям алғашқыда сыр бермеді. Бірақ Нормандардың дөрекілігі—' Қалайсың қарағым?" деп Әлисәға бұрылды.

"Үстімнің бәрі су," деді Әлисә көңілсіз үнмен: "кебетін түрі жоқ."

"Олай болса," деді Додо тұрып ойлана, "мен кездесуді кейінге қалдырайын, күшімізді қайта жинап алғанша—"

"Қазақша сөйле!" деді Қырғауыл. "Мен бұл ұзын- шуақ сөздердің мағынасын білмеймін, оның үстіне сен өзің білмейтін секілдісің!" Қырғауыл күлкісін жасырып, басын бұқты: кейбір құстар да күлкілерін жасыруға тырысты.

"Менің айтайын дегенім," деп жалғастырды сөзін Додо, ашулы үнмен, "үстімізді тез кептіргіміз келсе, бізге керек нәрсе Кавказдық жарыс."

"Кавказдық жарыс деген не?" деді Әлисә; білгісі келуге аса құштарлығы болмаса да, бірақ Додо *біреу* сөйлей ме деп іркіліп еді, ешкім үн қатпады.

"Неге," деді Додо, "сөзбен айтқаннан көрсеткенім дұрыс." (Сіз қыстың қытыр күнінде өзіңіз істеп көрерсіз, ал мен сізге Додоның қалай істегенін айтайын.)

Бірінші ол жарысты сызып белгіледі, шеңбер ішінде ("дәлме-дәл пішіні маңызды емес," деді ол,) содан кейін қонақтар сызықтың бойына орналасты. "Бір, екі, үш, ал барыңдар," әркім қалағанынша бір кетіп, бір келіп жүрді, сондықтан жарыстың басы-аяғы белгісіз болды. Дегенмен, олар жарты сағаттай жүгіргеннен кейін, үстері кеуіп, Додо "Жарыс бітті!" деп жария салды, көпшілік айнала жиналып, демдері ынтығып, "Кім жеңді?" деп сұрасты.

Бұл сұраққа Дода оңай жауап бере алмады, сұқ саусағын майдайына тіреп (Шекспирдің суреттеріндегідей), ойланып қалды, қалғандары оған тесіле қарап жауап күтті. Ақырында Додо *Бәрі* жеңді, *барлығына* сый берілу қажет," деді.

"Сыйды кім таратады?" деген көпшіліктің даусы шықты.

"Әрине *ол қыз* береді," деді Додо Әлисәға саусағын шошайтып; көпшілік қызды қоршап алып, "Сый! Сый!" деп шулады.

Әлисә не істерін білмеді, жаңылысқаннан қолын қалтасына салып, бір уыс кәмпит алып, (бақытына орай, тұзды су тәттілерге тимеген), бәріне сый ретінде таратты. Дәл өлшегендей, барлығына да үлес тиді.

"Ол өзіне де сый алуы керек қой," деді Тышқан.

"Сөзсіз," деді Додо салмақты кейіппен. "Қалтаңда тағы не бар?" деп Әлисәға бұрылды.

"Тек оймақ қана," деді Әлисә жабыраңқы.

"Бері жалға," деді Додо.

Көпшілік оны тағы қоршап алды, Додо оймақты басып қарап, былай деді "Мына әсем оймақты қабылдауыңды өтінеміз"; деп сөзін аяқтағанда, бәрі ду шапалақтады.

Әлисә бұл көріністі ақылға сыйғысыз деп санады, әйткенмен бәрінің салмақты кейпіне қарап, күлуге батылы бармады, бар болғаны басын иіп, оймақты алды.

Ендігі кезек кәмпиттерді жеуге келді: бұл іс шу мен шатақ туғызды, алып құстар аузына дәм тимеді десе, кішкентай бөбектері бөліп жемей, тамақтарына тірелді. Дегенмен, алыс тартыс та бітіп, бәрі дөңгелене отырды, Тышқаннан әңгіме айтуды өтінді.

"Сен маған өмірбаяныңды айтуға уәде берген едің," деді Әлисә, "И мен М-ны неге жек көретінің жайында да," деп сыбырлады.

"Менің тарихым ұзақ та мұңды әңгіме!" деді Тышқан, Әлисәға қарап.

"Әрине ұзақ әңгіме," деді Әлисә, Тышқанның құйрығына таңдана қарады; "неге мұңды деп атайсың?" Тышқан айта бастағанда, қыз ойға кетті:—

“Ыза айтты
тышқанға,
інінен ол
шыққанда,
‘Заңға екеуміз
жүгінейік:
Сені мен
қудалайын.—
Кел мында
келісейік:
Сотпенен
өш алайын;
Қолым бос
осы азан-
да,’ деді
тышқан
жүнді
жанға.
Бұл қан-
дай сот,
не төресіз,
не жөнсіз
Уақыт құр-
тып, не
істейсіз
‘Сот та мен,
төре де
мен’, деді
залым
Ыза.
Тергер-
мін
де,
Жеңер-
мін
де,
Қопа-
рармын,
түбін
тесіп,
топа-
рармын.
Өлім-
ге
сені
ке-
сер-
мін.’

“Тыңдамай отырсың ғой!” деді Тышқан Әлисәға ашуланып. “Не ойлап отырсың?”

“Ғафу етіңіз,” деді Әлисә жуасып: “сен бесінші шумаққа жеттің-ау деймін?”

"Жеткен жоқпын!" деді Тышқан ашулана.

"Нені соқтың!" деді Әлисә көмекке келгісі келіп. "Рұхсат ет, қайтарайын!"

"Ондай нәрсе істеуге менің ешқашан дәтім бармас," деді Тышқан бетін бұра. "Қайдағы жоқты айтып, беделімді түсіресің!"

"Кешірші, жаман ойым болмапты!" деп өтінді байғұс қыз. "Сен тез ренжіп қаласың!"

Тышқан жауаптың орнына ырылдады.

"Әңгімеңді аяқташы, өтінем!" деп Әлисә артынан айқайлады. Қалғандары да бір ауыздан, "Айтшы, айтшы!" Бірақ тышқан басын шайқады да, шапшаң жүріп кетті.

"Қалмағаны өкінішті!" деді Лори Тышқан көзден ғайып болғанда. Қарт Теңіз шаяны мүмкіндікті пайдаланып, қызына былай деді "Қарағым, бұл саған сабақ болсын, ашуыңды ешқашан көрсетпе!"

"Тіліңді тарт, Ма!" деді жас Краб, "Устрицаға шыдамдылық көрсетсең жарар!"

"Динам осы жерде болғанда, шіркін!" деді Әлисә дауыстап. "*Ол* Тышқанды тез қайтарып алып келер еді!"

"Дина деген кім өзі, айып етпесең сұрайын?" деді Лори.

Әлисә асыға жауап қатты: "Дина біздің мысығымыз. Ол тышқан аулаудың шебері! Құстың артынан шапқанын көрсең! Көрген бойында жеп қояды!"

Бұл сөз көпшілік арасында көңілсіздік туғызды. Кейбір құстар тұра қашты: қарт сауысқан асыға жиналып, "Үйге қайтқаным дұрыс болар, кешкі ауа тамағыма жақпайды!" Шымшық бөбектеріне дірілдіген дауыспен, "Қарақтарым, жиналайық! Ұйықтайтын уақыт болды!" Әр түрлі себептермен, барлығы жиналып тұрып кетті, Әлисә жалғыз өзі қалды.

"Дина туралы бекер айттым!" деді ол мұңайып. "Бұл арада оны ешкім де жақтыртпайды! Ол жер бетіндегі ең керемет мысық екеніне күмәнім жоқ! Айналайын,

Динашым! Сені қайтіп көрем бе!" Бейшара Әлисә осыны айтып жылай бастады, жалғызсырап, көңілі босады. Көп ұзамай, аяқтың дыбысын естіді, әңгімесін аяқтауға келген Тышқан ба деп басын көтерді.

Қоян кішкентай
Биллді жібергенде

Ақ Қоян жаймен қайтып келе жатыр екен, бір затын жоғалтқандай жан-жағына қарап; өз-өзіне "Герцогиня! Герцогиня! Байғұс табандарым! Жүнім мен мұртым! Басымды алатыны сөзсіз, сасықкүзеннің аты сасықкүзен! Қайда түсіріп алдым екен?" Әлисә Қоян желдеткіш пен ақ қолғапты іздеп жүр ме деп ойлады да іздей бастады, бірақ еш жерден көрінбеді—ол суға түскеннен бері көп нәрсе өзгергендей, үлкен дәліз де, әйнек үстел де, кішкене есік те ғайып болған.

Көп ұзамай Қоян Әлисәні байқап, ашулы үнмен шақырды "Қызметші қыз, бұл жерде не істеп *жүрсің?* Жүгір тез үйге, маған қолғап пен желдеткіш әкел!" Әлисә үріккенінен жүгіріп кетті, Қоянның шатысқанын айтып та үлгермеді.

"Ол мені қызметшісі деп ойлады," деп жүгіріп бара жатырып ойлады. "Менің кім екенімді білгенде таң қалатын шығар! Желдеткіші мен қолғабын алып барайын—егер таба алсам." Осыны айтып бола бергенде, тартымды шағын үйге тап болды, есігінің сыртында "А. ҚОЯН" деген жезбен таңба басылған. Есікті қақпастан ішіне кірді, үйдің шын қызметші қызын кездестіріп, желдеткіш пен қолғапты таппастан бұрын үйден қуып жібере ме деген үреймен жоғарғы қабатқа шапшаң басты.

"Қызық екен," деді Әлисә өзіне, "қоян үшін шаруа бітіру! Келесіде Дина үшін шаруа жасайтын шығармын!" Не болар екен деген түрлі қиялға батып: "'Әлисә ханым! Бері кел, жүріске дайындал!' 'Қазір келемін! Алдымен Дина қайтқанша мына тышқан інін күзетуім керек.' Әйткенмен," деп жалғастырды сөзін Әлисә, "Дина бұлай әмір бере бастаса, оны үйге кіргізбейтін шығар!"

Бұл уақытта ол кішкене жинақы, үстелі бар бөлмені көрді, (өзі тілегендей) үстелдің үстінде желдеткіш пен кішкентай ақ балалар қолғабы болды: Әлисә желдеткіш пен қолғапты алып, бөлмеден шыға бергенде айна жанындағы кішкентай шөлмекке көзі түсті. Бұл жолы "МЕНІ ІШ", деген жазу болмады, әйтсе де ол тығынды ашып, аузына жақындатты. "Бір қызықты *нәрсе* болатыны анық," деді өз-өзіне, "бірдеңе ішіп не жесем; бұл шөлмек не қыларын көрейін. Мені қайтадан өсірсе деп тілеймін, титтей бойымнан жалықтым!"

Айтқанындай болды, жедел арада өзгерді: шөлмектің ортасына жетпей, басы төбеге тіреліп, еңкеюіне мәжбүр болды. Асығыс шөлмекті жерге қойып, өзіне былай деді "Осы да жетер—енді өсуім қажет емес—бұл түріммен есіктен де шыға алмаспын—осыншама неге көп іштім!"

Әттеген-ай! Тым кеш болды! Бойы өсуден тоқтамады, жақын арада тізесін бүгіп отыруына тура келді: бір сәтте олай отыруына да мүмкіндік болмады, бір шынтағын есікке тіреп, екінші қолын басына салып жатып та көрді. Өсе берді, өсе берді, ендігі кезекте бір қолын терезеден шығарып, бір аяғын пешке қойып “Не болса да енді амалым жоқ. Мен неге айналар *екенмін?*”

Әлисәнің бақытына орай, сиқыр шөлмектің әсері болды, бойының өсуі тиылды: сонда да ол қолайсыз сезінді, бұл бөлмеден шығу жолы көрінбегендіктен, ол өзін сорлы сезінуі түсінікті еді.

“Үйде жағдайым жақсырақ еді,” деп ойлады бейшара Әлисә, “бойың не өсіп не кішіреймей, тышқандар мен қояндар бұйрық бермей. Сол бір қоянның інінің артынан жүрмейтін ем деп өкінуге жақынмын—дегенмен—дегенмен—мұндай оқиғаға тап болу өте қызық! Маған не болуы мүмкін еді деп әлі де өзімнен сұраймын! Ертегі оқитын кезімде, осындай ғажап нәрселер болуын елестетін едім, ал қазір тап соның ортасындамын! Мен туралы кітап жазылған болу керек, жазылған болу керек! Мен бой жеткенде, кітап жазармын—бірақ қазір бой жеттім ғой,” деді ол өкінішті үнмен; “бой жететін *мұнда* орын қалған жоқ деуге болады.”

“Олай болса,” деп ойлады Әлисә, “қазіргі қалпымнан *ешқашан* өзгермеймін бе? Бұл бір жұбату, бір жағынан—ешқашан кәрі кемпір болмау—екінші жағынан—

үйренетін сабақтардың болуы! Маған бұл пікір жақпай тұр!"

"Ақымақ Әлисә!" деп өзі жауап қатты. "Бұл жерде қалайша сабақ үйренбексің? Сыятын орын жоқ *саған*, оқулықтарыңды қайда қоймақсың!"

Өз-өзіне сөйлеп, мәселенің екі жағын қарастырып, әңгіме-дүкен құрып отырғанда, сырттан дауыс естіліп, Әлисә құлағын тосты.

"Қызметші қыз! Қызметші қыз!" деді дауыс. "Қолғаптарымды осы арада әкел!" Баспалдақтан аяқтың дыбысы шықты. Әлисә Қоянның келе жатқанын білді, қорқыныштан денесі селкілдеді, үй де бірге селкілдеді, Қояннан бойы мың есе үлкендігі, одан қорқуға себеп жоқ екендігі қыздың ойынан шығып кеткен еді.

Осы сәтте Қоян есікке таяп қалды, ашуға ұмтылып еді; есік ішке ашылып, Әлисәнің шынтағы есікті тіреп тұрды. Әлисә Қоянның "Олай болса, мен айналып терезеден кіремін," дегенін естіді.

"*Олай* істемессің!" деп ойлады Әлисә, Қоянды терезенің астынан естідім бе деп елестетіп, қолын созды. Қолына ештеңе тимеді, құлағына ащы айқай мен біреудің құлаған дыбысы, шынының сынғаны естіліп, қыз Қоян қияр шыныға құлап түскен шығар деп жорамалдады.

Келесі сәтте ызалы дауыс шықты—Қоянның дауысы— "Фахриддин! Фахриддин! Қайдасың?" Одан кейін бұрын естіп көрмеген дауыс шықты, "Албатта, мындамын әрине! Картоп қазып жатырмын, тақсыр!"

"Расында да, картоп қазып жатырсың!" деді Қоян ызалы үнмен. "Мұнда кел! Маған *мына жерден* шығуға көмектес!" (Тағы да сынған шынының дыбыстары шықты.)

"Айтшы кәне, Фахриддин, ана терезеде не тұр?"

"Албатта, құл ғой, тақсыр!"

"Қол дейсің бе, сен қаз! Ондай үлкен қолды қайдан көріп ең? Бүкіл терезені жауып тұр ғой!"

"Албатта, жауып тұрғаны рас: дегенмен қол екені шын."

"Жақсы, бұл жерде оның не шаруасы бар: барып, алып таста!"

Бұдан кейін ұзақ үнсіздік орнады, Әлисә аннан- мыннан шыққан сыбыр естіді; "Әрине, маған ұнамайды, тақсыр, тіптен ұнамайды!" "Айтқанымды орында, қорқақ неме!", Әлисә тағы да қолын созып, ауадан бірнәрсе ұстап алғандай болды. Бұл жолы екі адамның ащы айқайы мен шынының тағы сынған дыбысы шықты. "Неше қияр шыны бар!" деп ойлады Әлисә. "Енді не істер екен! Мені терезеден шығарып жіберсе, тіпті қуанар ем! Бұл жерде отыра бергім келмейді!"

Ол тағы да күтіп көрді, үн шықпады: ақырында арба дөңгелектерінің дырылдаған дыбысы шықты, көп кісілердің қатарласа сөйлеген жағымды дауыстары естілді: "Басқа баспалдақ қайда кеткен?—Не дейсің, мен тек біреуін әкелгенмін. Екіншісі Биллде—Ей, Билл! Мында ала кел, жігітім!—Ана бұрышқа қой—Алдымен, буып-байла—жарты жолға да жеткен жоқ қой—Ал, жарайды енді. Ерекшеленемін деп ойланба—Кел, бері, Билл! Мына арқанды ұста—Шатыр шыдар ма екен?—Бос тұрған тақтаны байқа—Құлап бара жатыр! Бүтіңдер бастарыңды!" (қатты дүрс)—"Оны кім құлатты?—Қателеспесем, Билл—Пештің мұржасына кім түседі?—Мен бармаспын! Сен бар!—*Оны* өлсем де жасамаспын!—Билл барсын—Міне, өзі де келе жатыр! Бастық сен барсын дейді!"

"Сонда пештің мұржасына Билл түсу керек пе?" деді өз-өзіне Әлисә. "Бар шаруаны Биллге артып қоятыны несі! Мен Биллмен орын ауыстырмас ем: мына пеш тар; әйткенмен аяғымды созып көрейін!"

Аяғын пештің түбіне дейін керіп көрді, бір жануардың пешті тырнаған дыбысы келді (не мақұлық екенін біле алмады): "Бұл Билл," деп ойлады, аяғымен бір тепті, не болар екенін қарап бақты.

Құлағына алғаш келгені, көпшіліктің "Міне, Билл де кетті!" деген даусы, артынан Қоянның жалғыз үні— "Ұстаңдар оны, дуалдың тұсында!" одан кейін тыныштық орнады, тағы жарысқан дауыстар—"Басын көтер— Брэнди, қазір істе—тұншықтырма—Қалай екен, достым? Не болды саған? Бас-аяғын айт!"

Соңында әлсіз, шиқылдаған дауыс естілді ("Бұл Билл болуы керек," деп ойлады Әлисә), "Біліп жатырғаным шамалы—Қажет емес, рахмет; Жаман емеспін— абыржып тұрғаным—бар білетінім, маған бәрі жерден шыққандай тап болып, артынын аспанға ғайып болып кетеді!"

"Істеген сен болдың ғой, онда!" деді қалғандары.

"Үйді өртеуіміз қажет!" деген Қоянның үні шықты. Сол сәтте Әлисә "Олай болса, мен сенің артыңа Динаны салармын!"

Тыныштық орнады, Әлисә "Енді не *қылар* екен! Ақылдары болса, шатырды алып тастар." Қас қағымда, қозғалған дыбыстары шықты, Әлисә Қоянның "Тәшке толған, ашып айтатын болсақ," дегенін естіді.

"Тәшкі толған *не?*" деп ойлады Әлисә. Күмәні көпке созылмай, терезеден жұмыр тастар жауды, бір-екеуі қыздың бетіне тиіп те кетті. "Бұны дереу доғартуым керек," деді де, "Енді қайта жасап көрші!", деген айқайы тағы тыныштық туғызды.

Әлисәнің таңқалғаны, жұмыр тастар жерге тиісімен кішкене торттарға айналып, оған келесі ой келді. "Бұл торттардың бірін жесем," деп ойлады ол, "бойымда өзгеріс болар; мені бұдан әрі үлкейтпесе де, кішірейтетініне күмәнім жоқ."

Солайша, торттың бірін жеп көрді, жұбанышына орай, бойы кішірейе бастады. Есіктен өтетіндей кезге жеткенде, үйден жүгіре шығып, далада күтіп тұрған кішкене жануарлар мен құстарға тап болды. Бейшара кішкентай Кесіртке, Билл ортада орын алып, теңіз шошқалары оның аузына бірнәрсе құйып жатқандай. Әлисә шыға келгенде-ақ, барлығы оған асыға жүрді; қыз бар күшімен тұра қаша, қалың тоғайға беттеді.

"Алдымен," деді Әлисә тоғай ішін аралай жүріп, "бұрын-ғы дұрыс қалпыма келу, екіншіден сол бір әдемі бақшаға жол табу. Жоспар жаман емес деп ойлаймын."

Жоспар құлаққа жағымды болды, барынша оңай әрі мұқият ойластырылған; бір қиын жағы, ол қайдан бастарын білмеді; ағаштарды үрейлі боймен аралап жүргенінде, кенеттен естілген шәуілден басын кілт көтеріп қарады.

Еңгезердей күшік ботадай жәудіреген көздерімен Әлисәға үңіле қалған, босаң күйде бір табанын созып, қызға сүйкенкісі келгендей. "Бейшара, кішкене неме!"деді Әлисә өзіне көңілін аударып, барынша ысқырып та көрді; бірақ күшіктің қарны аш па деген үрейлі ой да келді.

Не істеп, не қойғанын өзі де түсінбей, жерде жатқан бұтақты алып, күшікке ұсынды: күшік болса, бір аунап түсіп, көңіліне жаққандай, бұтаққа жүгіріп келіп, бір кез көңілін аулағандай болды: Әлисә болса, үлкен ошағанның артына бүгіліп, күшіктің басып кетуінен сақтанды; қарсы жаққа шыққан кезінде, күшік бұтаққа тағы жүгіріп келіп, басын табанына тиістіре, бұтақты ұстап алмақшы болды: Әлисә бұны жүк атымен ойнайтын ойынға ұқсатып, кез-келген сәтте, күшіктің аяқ астына қалармын деп ошағанға тағы тығылды: күшік ендігі бұтаққа неше қилы шабуыл жасады, алға жүгіріп, одан артқа қашып, өңшесі қырылдай үріп, ақырында жер тіреп, тілі салақтап, үлкен көздерін жартылай жұмды.

Бұл Әлисәның қашып құтылуына жол ашты: бірден тұра келіп, ентіге тоқтамастан жүгірді, күшіктің шәуілі шалғайда қала берді.

"Әйткенмен, қандай сүйкімді күшік еді өзі!" деп Әлисә, сарғалдаққа сүйеніп, жапырағымен өзін желдетті. "Күшікке не түрлі сиқырды үйретуге қарсы емес ем— бойым онымен шамалас болса! Жаным-ай! Маған қайта өсу қажет екені есімнен шығып кетіпті! Қане,—не істеу керек *еді*? Бір нәрсе ішіп не жеп алу керек; ең қиын сұрақ 'Нені?'"

Қиналған сұрақ "Нені?" деген болды. Әлисә айналасындағы гүлдерге, шөп-шөгімге көз салды, бірақ ішуге не жеуге келетін ешнәрсе көрмеді. Жанында өсіп тұрған үлкен саңырауқұлақты байқады, үлкендігі өзімен шамалас; астына қарап көргенде, жан-жағына қарағанда, үстінде де не бар екенін көру ойына келді.

Аяғының ұшына тұрып, саңырауқұлақтың шетіне көз салғанда, көкшіл үлкен құртты көрді, ол қолын қапсыра, қорқор сорып, қызды тіптен байқамағандай.

Құрттан келген кеңес

Құрт пен Әлисә бір-біріне үнсіздікте біраз қарап тұрды: Құрт қорқорды аузынан алып, солғын, маужыраған дауыспен үн қатты.

"*Сен* кім боласың?" деді Құрт.

Бұл сұрақ әңгіменің басталуына жол ашпады. "Осы шақта өзім де білмеймін, мырза—таңда тұрғанымда кім болғанымды білемін, бірақ одан кейін бірнеше рет өзгеріске ұшырадым," деп ұяла жауап қатты.

"Не айтқың келіп тұр?" деді Құрт қатал үнмен. "Түсіндіріп айт!"

"Өзім де түсіндіре алмаймын," деді Әлисә, "өйткені өзім өзім емеспін."

"Ұқпадым," деді Құрт.

"Анығырақ айта алмаспын," деді Әлисә сыпайы түрде, "өзім де түсінбеймін: бір күнде бірнеше кейіпке түсу оңай емес."

"Олай емес," деді Құрт.

"Мүмкін сен солай деп ойлай қоймаған шығарсың," деді Әлисә; "бір күні сен жібек құртқа айналсаң—келесі рет— көбелекке айналсаң, сол кезде өзіңді біртүрлі сезінерсің, келіспеймісің?"

"Мүлден келіспейм," деді Құрт.

"Онда мүмкін сенің сезімің өзгеше шығар," деді Әлисә; "бар білетінім, мен үшін оғаш боп көрінер еді."

"Сен!" деді Құрт ернін шүйіре. "*Сен* кім боласың?"

Әңгіме басына қайта оралды. Әлисәнің Құрттың шорт айтқан сөздеріне ызасы келді, салмақты кейіппен, "Алдымен, *сен* өзің кім екеніңді маған айтқаның дұрыс болар."

"Неге?" деді Құрт.

Бұл сұраққа Әлисә сәл қиналып; себебін іздеп таба алмағандықтан, оған қоса Құрт өте жағымсыз көңіл күйде отырғасын, қыз әрі бұрылып кетті.

"Қайт!" деп Құрт шақырды. "Мен саған бір нәрсе айтуым керек!"

Құлағы жағымды жаңалықты шалып қалып, Әлисә қайта бұрылды.

"Ашуыңды бас," деді Құрт.

"Сол ма бәрі айтатының?" деп Әлисә барынша ызасын ішіне тықты.

"Жоқ," деді Құрт.

Тағы күтіп көрейін деп ойлады Әлисә, бұл Құрт мүмкін пайдалы бір нәрсе айтар. Әлденеше сәтте, дым деместен қорқорын бір тартты; ақырында қолын айқара ашып, қорқорын аузынан шығарып, "Сонымен, сен өзгердім деп ойлайсың ғой?" деді.

"Солай ма деп сескенемін, мырза," деді Әлисә; "Бұрынғыдай жүйрік есте сақтау қабілетім жоқ—он минут та өтпей өзгеріске ұшырап отырамын!"

"Есіңде не сақталмайды дейсің?" деді Құрт.

"Айталық, '*Аралар нені аралайды*', деп айтып көріп ем, тіптен басқаша шықты!" деп Әлисә мұңды жауап берді.

"'*Сен кәрісің, Вильям ата*', деп қайтала," деді Құрт.

Әлисә қолын алдына қойып, былайша бастады:—

"Жасың келді, Вильям Ата," деді бозбала,
"Шашың енді ағарып;
Көңгің келмей бозарып—
Баспен тұрдың жаңа ғана!"

"Жас шағымда," деді Вильям Ата ұлына,
"Ми зақымы болып қалар,
Деп үріктім бұрында да,
Миым зергек, енді қара."

"Кәрісің," деді жас пенде, "ескертпедің,
деме енді;
Ет те жинап, май басып—
Секіруді қой енді!"

"Жас шағымда," деді данагөй, ақ шаштарын
қайырып,
"Тізелерім иілгіш
Май да жақтым—бір сомға алган—
Аламысың, саган жақсам?"

"Жасың келді," деді жігіт, "жақтарың әбден
    солғаны
Іш майға өтсе жарар;
Солай тұра, қаз сүйегіне тіс салғаны?"
"Күшің оған қалай жетті?"

"Жастық шақта," деді әкесі,"Заңды оқыдым,"
Әйеліммен көп таластым,
Жақтарымның шымыр еті
Ғұмырымды бір ұзартты."

"Жасың келді," деді жігіт, "көзің кетті
Өткір болмас бұрынғыдай;
Жыланбалықты бір ұрдың да—
Қайдан келді ақыл ондай?"

"Үш сұраққа жауап алдың, жетер енді,"
Деді әкесі; "Көкеңдеме!
Отырам ба мыжып сенмен?
Жоғал көзден!"

"Дұрыс айтпадың," деді Құрт.

"Өзім де солай ойлаймын," деді Әлисә, қысыла: "кейбір сөздер өзгертілген."

"Басынан аяғына шейін қате," деді Құрт шешімді түрде; бір сәтте тыныштық орнады.

Құрт бірінші боп сөз қозғады.

"Бойыңның қандай болғанын қалайсың?" деп сұрады.

"Менің ойымда белгілі өлшем жоқ," деп Әлисә асыға жауап қатты; "қайта-қайта өзгеру кімге ұнасын."

"Білмедім," деді Құрт.

Әлисә дым да демеді: ол өмірінде соншама қайшылықты бұрын көріп көрмеген еді, ашуы келіп те қалды.

"Енді ризамысың?" деді Құрт.

"Бойым тағы өссе деймін, мырза, егер қарсы емес болсаңыз" деді Әлисә: "сегіз сантиметр ондай көп емес."

"Бойыңда тұрған не бар!" деді Құрт ашулана, денесін тік ұстап (бойы сегіз сантиметр болатын).

"Денем үйренбеген!" деп аянышты үнмен Әлисә шағым айтты. "Жәндіктер осыншама кінәмшіл болмағанда ғой!" деп Әлисе өз-өзіне сөйледі.

"Бара-бара етің үйренеді," деді Құрт; қорқорын аузына салып тарта бастады.

Бұл жолы Әлисә шыдаммен күтті. Көп ұзамай, Құрт аузынан қорқорды алып, керілді. Сонан соң, саңырауқұлақтан төменге түсіп, шөп арасына ғайып болды, арасында "Бір жағың бойыңды өсірсе, екінші жағың кішірейтер" деп қойды.

"*Ненің* бір жағы? *Ненің* екінші жағы?" деп Әлисә ойлады ішінен.

"Саңырауқұлақтың," деді Құрт, қыздың айтқанын естіп қойғандай; бір сәттә көзден ғайып болды.

Әлисә саңырауқұлаққа ойлана қарады, екі шетін ажыратып көрмекші болды; бірақ дөп-дөңгелек пішіннен ештеңе шықпады. Дегенмен, ол екі шетіне қолын соза, екі жағынан бір үзім алды.

"Енді екі жағын қалай білем?" деп, оң қолындағыдан тістеп көрді. Бір кезде иегінің астынан соққы келіп, аяғына дейін әсер етті!

Әлисә кенет өзгерістен қатты шошыды, қас-қағым уақытта бойы кішірейе берді: саңырауқұлақ үзіміне тағы аузын салды. Иегі аяғына тіреліп, аузын аша алмай қалды; сонда да сол уыстан аузын толтырып үлгерді.

"Басым босады-ау!" деді Әлисә ризашылықпен, көп ұзамай мазасы кетті, иығының қайда кеткенін білмеді: төменге көз жібергенде, бар көргені, төбедей жиналған көк жапырақтардан таяқша қылтиған үп-ұзын мойнын байқады.

"Бұл көк шөп не *болуы* мүмкін?" деді Әлисә. "Иықтарым қайда кеткен? Бейшара қолдарым, неге көрінбедің?" Жапырақтардың арасынан қимыл шықпады, тек қана шалғайдан бір желпініс көрінгендей болды.

Қолын басына жеткізе алмағандықтан, төменге жіберді, мойны жыланша кез-келген бағытқа бұрылды. Зигзакша бұрып, жапырақтар арасына сүңгімекші болды, бірақ бар тапқаны жыңғылдар боп шықты, кенеттен белгісіз шиқыл назарын аударды: зор үлкен кептер бетіне ұшып, қанаттарымен Әлисәні соға бастады.

"Жылан!" деп шошынды Кептер.

"Мен жылан емеспін!" деді Әлисә ашулана. "Менде шаруаң болмасын!"

“Жылан дедім ғой!” деді Кептер, бұл жолы басыңқы үнмен, “Барымша тырысып бақтым, бірақ оларға ешнәрсе жақпайды!” деп жыламсырады.

“Не деп тұрғаныңды түк те түсінбеймін,” деді Әлисә.

“Ағаштың тамырын да, көлдің жиегін де, шарбақты да байқап көрдім,” деп жалғастырды әңгімесін Кептер мән берместен; “Сол сұм жыландар! Оларға ештеңе де жақпас!”

Әлисә жаңылыса түсті, әйткенмен Кептер әңгімесін аяқтамастан бірнәрсе деп айтудың не керегі бар деп ойлады.

“Жұмыртқа салу оңай болды дейсің бе,” деді Кептер; “күн демей, түн демей жыланның келуін бағуым керек! Үш апта қатарынан көз ілген емеспін!”

“Мазаңның кеткені үшін жаным ашып тұр,” деді Әлисә енді ұққандай.

“Тоғайдағы ең биік ағашты шаптым ба дегенімде,” деп жалғастырды Кептер, шыңғыра сөйлеп “енді құтылдым ба олардан деп ойлай бастағанымда, аспаннан шарықтай иреңдеуге ұмтылды! Қап, бәлем, Жылан!”

“Бірақ мен жылан емеспін, қайталап айтайын!” деп жауап қатты Әлисә. “Мен—мен—”

“Сен кімсің сонда?” деді Кептер. “Ойыңнан ойлап шығармақсың ғой!”

“Мен—мен кішкентай қызбын,” деді Әлисә, күмәні болғандай, таң ата басынан кешірген оқиғаларды есіне түсіріп.

“Өтірік-шыны аралас!” деді Кептер жақтырмағандай. “Сен секілді талай кішкентай қыздарды көргем, бірақ бір де біреуінде сенікіндей ұзын мойын болған емес! Мүмкін емес! Сен жылансың; еш күмәнім жоқ. Жұмыртқаның дәмін татып көрген жоқпын деп айтып көрші, кәне!”

"Татып көргем," деді Әлисә, әдеттегідей бар шынын айтып; "кішкентай қыздар да жылан сияқты көп жұмыртқа жейді ғой, өзің білесің."

"Сенбеймін," деді Кептер; "рас болса, олар неге сондай жылан қатарына жатады: бар білетінім осы."

Бұл Әлисә үшін жаңа ұғым еді, Кептер оның үнсіз қалғанын пайдаланып, "Сен жұмыртқа іздедің, мен *оны* бірден ұқтым; сен кішкентай қызсың ба не жылансың ба, маған оның не маңыздылығы бар?"

"*Мен* үшін маңызды," деді Әлисә асыға жауап беріп; "бірақ мен жұмыртқа іздеп жүрген жоқпын; іздеген болсам да, *сенікін* іздемеспін: маған жұмыртқа шикілей ұнамайды."

"Бар онда!" деді Кептер жабыраңқы үнмен, ініне қайта кіріп. Әлисә мойны бұтаққа оралып қалған сайын, оны босатпақ болып ағаштардан төменірек иілді. Көп кешікпей, оның ойына саңырауқұлақтар түсті, қолына алып, бір-бірлеп аузына салып көрді, ендігі кезде бойы бір ұзарып, бір қысқарып, өзі қалаған ұзындыққа жеткенде, жеуін тоқтатты.

Әлисәнің көптен бері бойы бір үйлеспегендіктен, алғашқыда өзін біртүрлі сезінді; бірақ көп ұзамай өз-өзіне сөйлей бастады. "Қапаланба, жоспар ойдағыдай! Кенет өзгерістің бәрін миға қорытып үлгермей жатырмын! Әр минут өткен сайын қалай өзгерерім беймәлім! Алайда, мен бұрынғы қалпыма оралдым: ендігі сәтте ана әсем бақшаға өтуім керек- қалай кірсем болады?" Осыны айтқан бойда, белгісіз ашық жерге тап болды, ішіне үңілгенде шамамен жүз сантиметрдей биіктіктегі үйшікті көрді. "Бұл жерде кім тұрса да, менің *бойымдай* бола қоймас, солай бола тұра оларды естерінен ауыстырып қайтемін!" деген оймен Әлисә оң қолындағы саңырауқұлақтан тағы ауыз тиіп, бойын жиырма сантиметрге келтірді.

VI Бөлім

Шошқа мен бұрыш

Әлисә не істерін білмей, үйшікке бір сәт үңіліп тұрған кезде, аяқ астынан сәнді киім-кешек киген күтуші орман ішінен атып шықты—(күтуші деп ойлаған себебі ол күтушінің арнайы киімін киген: басқа жағдайда қыз оны балыққа санар еді)—жұдырығымен есікті барынша қатты қақты. Есікті дөңкелек жүзді, баданадай бақаның көзі бар екінші бір күтуші ашты; Әлисәнің байқағаны екі күтушінің де басын бұйра басқанын байқады. Қыздың қызығу-шылығы оянып, тоғайдың арасынан басын шығарды.

Балық тәрізді күтуші қолтығының астынан дәудей хатты алып шығып, екінші күтушіге ұсына жатып, "Герцогиня үшін. Мәткенің крокет ойнауға шақыру қағазы." Бақа тәрізді мырза да сол сөйлемді шамалы орнын ауыстырып, қайталады, "Мәткеден. Герцогиняға крокет ойнауға шақыру қағазы."

Содан кейін екі күтуші де төмен иіліп, бұйралары бірге шырматылды.

Әлисәнің қатты күлгені сонша, біреу естіп қала ма деп, орманға қарай жүгірді; келесі қарағанында Балық тәрізді мырза кетіп қалған, екінші мырза есік алдында, аспанға қарап отыр екен.

Әлисә қысыла таяп келіп, есікті қақты.

"Есікті қағудан еш пайда жоқ," деп үн қатты, "бұған екі себеп бар. Біріншіден, мен де есіктің бер жағында отырмын, сен секілді: екіншіден, олар қатты шулап жатырғандықтан сені ешкім ести алмас." Айтқандай, есіктің ар жағынан ерекше дыбыстар шықты—үнемі ұлыған дыбыс, біреудің түшкіргені, бір кезде ыдыстың парша- парша сынған дыбыстары естілді.

"Айтыңызшы өтінем," деді Әлисә, "ішке қалай кірем?"

"Есікті соғуыңнан бірдеңе шығар," деді Күтуші сөзін жалғастыра, қызға мән бермегендей, "егер есік екеуміздің арамызда болғанда. Мәселен, сен егер *ішінде* болғанда, есік қағар едің, сосын мен сені сыртқа шығарар едім." Осы уақыт бойы Күтуші аспанға қарап сөйледі, Әлисә бұны әдепсіздік деп санады. "Мүмкін ол аспаннан көзін ала алмайтын шығар," деп ол өзіне міңгірледі; "көздері төбесіне *тым* жақын орналасқан. Сонда да ол сұрақтарыма жауап берер—Қалай кіре аламын?" деп қаттырақ қайталады.

"Мен бұл жерде күтем," деп Күтуші жауап берді, "ертеңге дейін—"

Осы кезде үй есігі ашылып, буы бұрқыраған үлкен тәрелке Күтушінің басына төнді: тек мұрнына ғана шеті тиіп, артында тұрған ағаштың біреуіне соғылып сынды.

"—немесе арғы күні, мүмкін," деп Күтуші бір қалыпта, ештеңе болмағандай сөзін жалғастырды.

"Қалай кірсем болады?" деп Әлисә қаттырақ сұрады.

"*Кіретін* түрің бар ма?" деді Күтуші. "Алдымен сол сұрақты қою керек."

Әрине, кіреді: бірақ Әлисәға бұлай бұйырып сөйлеу ұнамады. "Шынымен де қауіпті," деп қыз өз-өзіне міңгірледі, "барлық тіршілік иелерінің бір-бірімен айтысқандары. Ақылыңнан адастырар!"

Күтуші ескертуін сәл ғана өзгертіп қайталады. "Осы жерде отырмақпын," деді ол, "бірнеше күндеп, арасында үзіліс жасап."

"Сонда *мен* не істемекпін?" деп сұрады Әлисә.

"Қалағаныңды жаса," деп Күтуші ысқыра бастады.

"Бұған сөйлегеннен еш пайда жоқ," деді Әлисә қинала: "нағыз санасыз екен!" Есікті ашып, кіріп кетті.

Есік тура үлкен ас бөлмеге апарды, ас бөлме іші түтінге толы болды: Герцогиня бөлме ортасында бала емізіп, үш аяқты үстелде отыр екен: аспаз пештегі сорпаға толы қазанды араластырам деп, үстіне төне қалыпты.

"Сорпаға бұрышты тым көп салыпты!" деді Әлисә өз өзіне, түшкіргісі келіп.

Ауада да бұрыш тым көп екен. Тіпті Герцогиня да арасында түшкірді; нәресте болса, демалмастан бірде түшкіріп, бірде ұлыды. Ас үйдегі *түшкірмеген* тірі жан - аспаздың өзі мен пеш жанында жатқан, екі езуі екі құлағында дәудей мысық болды.

"Кешірерсіз, айтып жібересіз бе," Әлисә бірінші боп үн қату әдепсіздікке жата ма деп ойлағандай, қысыла сөйледі, "мысықтар неге солай жымияды?"

"Бұл Чеширлік-Мысық," деді Герцогиня, "сондықтан да. Шошқа неме!"

Герцогиня соңғы сөзін соншама қатігездікпен ақырған-дықтан, Әлисә түршігіп кетті; бірақ көп ұзамай ол айтылған сөздің сәбиге арналғанын ұғып, қайтадан батылдық келіп, ойын жалғастырды:—

"Чеширлік-Мысықтардың әрдайым жымиятындарын білмеппін; шынымды айтсам, жалпы мысықтар жымияды деп ойламаппын бұрында."

"Бәрі де жымия алады," деді Герцогиня; "көпшілігі жымияды."

"Мен жымиятын мысық бұрын көрген емеспін," деді Әлисә сыпайы түрде, әңгімеге араласқанына риза болып.

"Қаншалықты жымиятындарын білмейсің ғой," деді Герцогия; "бұл шындық."

Әлисәға бұл сөз ұнамай қалды, сондықтан да басқа тақырыпта әңгіме қозғағысы келді. Не айтсам болады деп ойлай бастағанында аспаз пештен қазанды алып, ішіндегісін Герцогиня мен сәбиге шаша бастады— алдымен пеш темірлері ұшты; артынша кастрөлдер, тәрелкелер, ыдыс аяқтар ұшты. Герцогиня өзіне ұшқан ыдыстарды тіптен байқамады; сәби болса ұзақ уақыт бойы өкіргені сонша, ұшқан ыдыстар оған соққы берді ме, берген жоқ па айту мүмкін емес еді.

"*Өтінем*, абайлап істеңізші!" деп Әлисә аса үрейдің азабына түсіп, жан айқайын салды. "Міне, байғұстың мұрнын жұлып әкетеді!", әдеттен тыс үлкен кастрөл сәбидің дәл қасынан зыр ұшты.

"Кісілер осы басқалардың шаруаларына араласпа- ғанда," деді Герцогиня қарлыққан күңкілмен, "дүние жылдамырақ айналар еді."

"Олай болғаннан ештеңе *шықпас*," деді Әлисә, білетінін көрсетіп қалғысы келіп. "Өзің ойлап көрші, күн мен түн қалай шатысар еді! Жер белдіктен айналып өту үшін жиырма төрт сағат кетеді—"

"Балта демекші," деді Герцогиня, "басын шауып таста!"

Әлисә аспазға не істер екен деген үреймен көз салды; аспаз ештеңе естімегендей сорпаны араластыра берді, қыз тағы да: "Жиырма төрт сағат, *меніңше*; әлде он екі ме? Мен—"

"Мазамды алмашы!,"деді Герцогиня; "Мен сандарды көтере алмаймын!" Осылайша, ол баласына тағы әндете бастады, әр жолдың аяғында оны бір сілкіп алып:—

> *"Сәбиіңе қатал сөйле,*
> *Ұрып та қал түшкірсе:*
> *Әдейі істеп ол еркелер,*
> *Қайта-қайта миыңды жер."*

ҚАЙЫРМАСЫ
(аспаз бен бала қосыла):—
"Әлди! әлди! әлди!"

Герцогиня екінші шумақты бастағанда, сәбиді бар күшімен лақтырып келіп отырды, бейшара өкіргені сонша, Әлисә өлең сөздерін ести алмады:—

> *"Бұрыш тисе, бұл балам,*
> *Түшкіріп бір тынығар:*
> *Ұрып алып көкемді,*
> *Айқайлай мен ән салам!"*

ҚАЙЫРМАСЫ
"Әлди! әлди! әлди!"

"Мінеки! Емізіп қарауыңа болады, қаласаң!" деп Герцогиня сөйлеп жатып, Әлисәға баланы ұстата салды, "Мен ханыммен крокет ойнауға әзірленуім керек," деп бөлмеден асыға шығып кетті. Аспаз оның артынан қазанды лақтырды, бірақ Герцогиняға тимей қалды.

Әлисә баланы әрең деп ұстап қалды, қолдары мен аяқтары екі жаққа тараған, ерекше жан екен, "теңіз жұлдызына ұқсайды” екен деп ойлады Әлисә. Бейшара бу машинасы секілді пырылдап жатыр екен, денесін керіп, созылып, бір сәтке қыздың қолына ауыр тиді.

Емізуге ыңғайланып алғаннан кейін (буып алып, бала босап кетпесін деп оң құлағы мен сол аяғынан мықтап ұстады), таза ауаға ала шықты. “Бұл баланы қазір өзіммен алып кетпесем,” деп ойлады қыз, “бұлар оны бір-екі күнде өлтіріп құртар: тастап кетсем, мен қандықол болмаймын ба?” Соңғы сөзін қаттырақ айтты, оған жауап ретінде кішкене неме пыс-пыс етті (бұл кезде түшкіріп болған еді). “Пысылдама,” деді Әлисә; “ойыңды олай білдіру әдептілікке жатпайды.”

Сәби тағы күңкілдеді, Әлисә оның бетіне үңілді. Сәбидің мұрны шошайған, мұрын емес жануар тұмсығына ұқсады: көздері сәбидің көздеріне тартпаған, тым кіші: қызға түрі тіптен жақпады. “Мүмкін жылап жатырған шығар” деп ойлап, жас шықты ма деп көздеріне қарады.

Бір тамшы да жас шықпаған. “Шошқаға айналмақшы болсаң,” деді Әлисә салмақты үнмен, “Саған жақын келмеспін! Біліп қой!” Бейшара тағы жыламсырады (әлде пысылдады ма, оны айту қиынырақ болды), екеуі де бір сәтте үнсіз қалды.

Әлисә өзіне-өзі ойлай бастады, “Бұл шырақты үйге алып барғанда не істеймін?” ол неме тағы қаттырақ пысылдағанда, қыз бетіне тағы үңілді. Бұл жолы қателеспеді: шошқадан айнымай қалған, Әлисә оны әрі қарай алып жүруін жөн көрмеді.

Осылайша оны жерге қойып, неменің тоғай арасына жылдам томпалаңдап кеткенін көріп, бір сілкінді. “Өскенде, ұсқынсыз бала болар еді: бірақ шошқа ретінде түрі жаман емес, меніңше.” Қыздың ойына басқа да балалар келді, олар шошқаға айналса, сүйкімдірек болар еді, “оларды қалай өзгертетінін білгенде—” деп айта бастағанда, ағаштың бұтағында отырған Чеширлік Мысықты көріп шошып кетті.

Мысық Әлисәны көргенде мырс етті. Табиғаты жаман емес деп ойлады қыз: дегенмен *тым* ұзын тырнақтары мен тізілген көп тістері болды, сондықтан да оған құрметпен қарау керек деп ойлады қыз.

"Чеширлік-Мысық," деп сөзін бастады ол, жуас үнмен, мысыққа бұл ат ұнай ма ұнамай ма, оны білмеді, дегенмен мысық одан да бетер мырс етті. "Жүр, оған жаққан сияқты," деп ойлады Әлисә, сөзін жалғастыра. "Осы жерден қай бағытқа жүруім керек, айтасыз ба?"

"Қайда барғың келеді, соған байланысты," деді Мысық.

"Қайда барғаным маған маңызды емес—" деді Әлисә.

"Олай болса, қай бағытқа барсаң да бәрібір," деді Мысық.

"—*бір жерге* жетсем болды," деп түсіндірді Әлисә.

"Аа, жетуіңе болады," деді Мысық, "ұзақ жүрсең болғаны."

Әлисә бұл сұраққа жауап табатынын біліп, "Бұл жерде қандай кісілер тұрады өзі?" деді.

"*Ана* жақта," деді Мысық, оң жақ табанын бұлғап, "Қалпақты тұрады: *ана* жақта," екінші табанын бұлғап, "Наурыз Көжегі тұрады. Қалағаның бойынша біреуіне барып қайт: екеуінің де есі ауысқан."

"Бірақ мен есі ауысқан адамдардың арасына барғым келмейді," деп Әлисә ескертті.

"Басқа амал жоқ," деді Мысық: "бұл жерде бәріміздің есіміз ауысқан. Менің де есім ауысқан. Сенің де есің ауысқан."

"Менің есім ауысқан екенін қайдан білесің?" деді Әлисә.

"Әрине, есің ауысқан," деді Мысық, "олай болмағанда, бұл жерге келмес едің."

Әлисә бұл дәлелге көңілі толмады, сонда да ол: "Олай болса, өзіңнің есің ауысқанын қайдан білесің?"

"Алдымен," деді Мысық, "иттің есі ауысқан емес. Келісесің ғой?"

"Солай шығар," деді Әлисә.

"Ендеше," деп сөзін жалғастырды Мысық, "ит ашуланса, ырылдайды, бір нәрсе жақса, құйрығын бұлаңдатады. Ал мен болсам, бірнәрсе жақса, ырылдаймын, ұнамаса құйрығымды бұлаңдатамын."

"*Мен* оны ырылдау емес, пырылдау деп атаймын," деді Әлисә.

"Не деп атасаң да өзің біл," деді Мысық. "Бүгін Мәткемен крокет ойнайсың ба?"

"Қуана ойнар ем," деді Әлисә, "бірақ мені шақырған жоқ."

"Сонда көрісерміз," деп Мысық зым жоқ болды.

Әлисә бұған таңқалмады, оғаш нәрселердің қайталануына бойы үйреніп келеді. Мысық отырған жерге көз салғанында, кенеттен ол атып шықты.

"Айтпақшы, нәрестеге не болды?" деді Мысық. "Ұмытып кете жаздаппын."

"Шошқаға айналып кетті," деді Әлисә жай ғана, Мысық кәдімгі қалыппен оралғандай.

"Өзім де солай болар деп ойлап ем," деп Мысық қайтадан ғайып болды.

Әлисә тағы келе ме деп кішкене күтіп көрді, бірақ Мысық қайта келмеді, сәлден кейін Наурыз Көжегі тұрады деген жерге бет алды. "Қалпақтыларды бұрын көргенмін," деді ол өз-өзіне; "Наурыз Көжегі әлдеқалай қызығырақ болар, қазір Мамыр болғандықтан, есіріп сөйлемес—ең болмағанда, Наурыздағыдай есірмес." Осылайша ол төбесіне қарағанда, ағаш бұтағында отырған Мысықты байқады.

"'Шошқа' дедің бе, әлде 'қошқар' дедің бе?" деді Мысық.

"'Шошқа' дедім," деп жауап қатты Әлисә; "бір пайда болып, бір ғайып болмасаң еді: меңзең қылдың!"

"Жарайды," деді Мысық; бұл жолы асықпай жоқ болды, алдымен құйрығы, содан кейін ыржиғаны.

"Жақсы! Әдетте мен ыржимаған мысықтар көретін ем," деп ойлады Әлисә: "бұл менің өмірімдегі ең қызық нәрсе болды!"

Алысқа ұзамай Наурыз Көжегінің үйіне тап болды: үйдің мұражалары құлақ тәрізді, төбесі тері мен сабаннан жабылғандықтан, іздеген үйі осы болар деп ойлады. Үйі сондай үлкен болғаны, қыз бірден жақындамады, сол қолынан саңырауқұлақтан аузына салып, бойын алпыс сантиметрге ұзартып, үйге қысыла жақындағанда, өзіне-өзі "Құтырсам, құтырармын! Қалпақтының үйіне баруым керек еді!"

VII Бөлім

Мағынасыз шәй ішу

Үйдің алдында, ағаштың көлеңкесінде дастархан жайылған, Наурыз Көжегі мен Құтырған Қалпақты шәй ішіп отыр екен: Маубасар орталарында, терең ұйқыда, ана екеуі оның үстіне жастықша жантайып, әңгіме соққан. "Маубасарға тым ыңғайсыз шығар," деп ойлады Әлисә; "ұйықтап жатқан соң, сезбейтін де шығар."

Дастархан көлемді болғанымен, үшеуі де бір бұрышта тығылысқан. "Орын жоқ! Орын жоқ!" деп ақырды Әлисәнің жақындағанын байқап. "Орын *көп* қой!" деп ол реніші үнмен дастарханның шетіне барып үлкен жұмсақ орындыққа жайғасты.

"Шараптан алып қой," деді Наурыз Көжегі қошеметпен.

Әлисә айналаға қарады, бірақ көзге шәйдән басқа ештеңе көрінбеді. "Шарап көріп тұрған жоқпын," деді ол.

"Ешқандай шарап жоқ бұл жерде," деді Наурыз Көжегі.

"Ендеше шарап іш деуің мәдениеттілікке жатпайды," деді Әлисә ашулы.

"Сенің шақырусыз отыра қалуың мәдениеттілікке жатпайды," деді Наурыз Көжегі.

"Сенің дастарханың екенін білмеппін," деді Әлисә; "үш кісіден де көпке жайылғанға ұқсайды."

"Шашыңды қидыртпапсың ғой," деді Құтырған Қалпақты. Әлисәға ол біраздан бері қызыға қарап отырған.

"Жеке бастың шаруасына араласпауыңды сұраймын," деді Әлисә қаталды үнмен: "бұлай ету өте дөрекі."

Құтырған Қалпақты көзін бадырайтып, "Қарғаның жазу үстеліне не ұқсастығы бар?"

"Мінекей, қызық енді басталды!" деп ойлады Әлисә. "Жұмбақ ойнайтынымыз қандай жақсы болды—шешіп тастармын," дауыстап айтты ол.

"Жауабын табармын деп айтқың келді ме?" деді Наурыз Көжегі.

"Дәл солай," деді Әлисә.

"Олай болса не айтқың келгеніңді бірден айтуың керек", деді әрі қарай Наурыз Көжегі.

"Әдетте айтам," деді Әлисә шапшаң ғана; тым болмағанда—тым болмағанда не деп айтсам да ойымдағыны айтам—бұның бәрі бір нәрсені білдірмей ме."

"Бір нәрсені білдірмейді!" деді Құтырған Қалпақты. "Ендеше 'Мен не жесем соны көрем' мен 'Мен не көрсем соны жеймін' дегеннің бәрі бірдей деп те айта саларсың!"

"Ендеше сен," деп Наурыз Көжегі қосыла кетті, 'Алғаным өзіме ұнайды' мен "Ұнатқанымды аламын' деген бірдей деп те айта саларсың!"

"Сен тіптен," деді Маубас Қарақас, ұйқылы-ояу сөйлеп, "'Ұйықтағанда дем аламын' мен 'Дем алғанда ұйықтаймын' деген бірдей деп айтарсың!"

"Сенің жағдайың белгілі," деді Құтырған Қалпақты, осымен әңгіме тыйылды, бәрі үнсіз қалды, Әлисә болса, қарға мен жазу үстелі жөнінде қайта-қайта ойланды.

Құтырған Қалпақты бірінші боп тыныштықты бұзды. "Осы бүгін айдың қай күні?" деді Әлисәға бетін бұрып: қалтасынан қол сағатына тынымсыздана қарап, біресе сілкіп, біресе құлағына тосты.

Әлисә бір сәт ойланды да, "Төрті," деді.

"Екі күнге адасқан!" деді Қалпақты. "Ескерттім ғой саған, сағатты сары маймен майлама деп!" деді Наурыз Көжекке ашулана қарап.

"Сап-сары, *керемет* май еді," деді Наурыз Көжегі кішіпейілді түрде.

"Болса болар, бірақ ішіне нан қиқымы түсіп кеткен," деді Қалпақты міңгірлеп: "нан кесетін пышақпен жақпауың керек еді."

Наурыз Көжегі сағатты қолына алып, сұрлана қарады, одан соң шәй кесесіне бір батырып алып, қайтадан қарады: дегенмен ойына айтарлықтай ештеңе келмеді "Сап-сары керемет май екенінде күмән жоқ."

Әлисә қызығушылықпен тыңдап отырған. "Не деген күлкілі сағат!" деді ол. "Айдың қай күні екенін көрсетеді де, сағат неше екенін көрсетпейді!"

"Неге көрсету керек?" деп міңгірледі Қалпақты. "*Сенің* қол сағатың қай жыл екенін көрсете ме?"

"Әрине көрсетпейді," деп Әлисә сол бойда жауап қатты: "өйткені бір жыл ұзаққа созылмай ма."

"*Менікі* де солай," деді Қалпақты.

Әлисә әбден шатасты. Қалпақты қазақша айтып тұрғанымен, сөйлемі мән-мағынасыз боп естілді. "Мен сізді түсінбедім," деді қыз барынша сыпайы түрде.

"Қарақас тағы ұйқыға кетті," деп Қалпақты ұйқылы Қарабастың тұмсығының үстінен ыстық шәйді тамызып жіберді.

Маубас Қарақас басын сілкіп алып, көзін ашпастан, "Әрине, әрине; өзім де солай айтайын деп жатыр ем."

"Жұмбақты шештің бе?" деді Қалпақты Әлисәға бұрыла.

"Жоқ, жеңілдім?" деді қыз, "Қалай жауабы?"

"Білуден аулақпын," деді Қалпақты.

"Мен де," деді Наурыз Көжегі.

Әлисә әбден шаршап уф деді. "Уақытты бұлай бос өткізген дұрыс болмас," деді ол, "жауабы жоқ жұмбақты айтып."

"Сен Уақытты мен секілді жақсы білсең," деді Қалпақты, "*оны* бос өткізу туралы айтпас едің. Ол бас әріппен басталады."

"Не айтқың келіп тұрғаныңды ұқпадым," деді Әлисә.

"Әрине ұқпайсың!"деді Қалпақты ызамен басын шайқап. "Өміріңде Уақытпен тілдесіп көрмеген шығарсың!"

"Мүмкін сөйлеспесем, сөйлеспеген болармын," деді Әлисә ақырындап сөйлеп: "бар білетінім музыка үйренгенімде уақытты ұтымды пайдалана білуім керек."

"Ә, ә! Енді түсіндім," деді Қалпақты. "Оған пайдаланып қалу жақпайды. Онымен қарым-қатынасың жақсы болса, ол сен үшін сағат тілін айналдырар. Мәселен, таңертең тоғыз болсын, дәл сабақ басталатын кез: Уақытқа белгі берсең болды, қас-қағымда өзгерер! Сағат бір жарым болды, кешкі ас жейтін кез келді!"

("Сағат бір жарым болса, қандай жақсы болар еді," деді Наурыз Көжегі өз-өзіне сыбырлап.)

"Әрине бұл ыңғайлы болар еді," деді Әлисә толғана: "бірақ та—менің қарным аша қоймас."

"Бірден қарның аш болмас," деді Қалпақты: "дегенмен сағатты бір жарым қып ұзаққа дейін ұстап тұруыңа болады."

"*Сен* солай істейсің бе?" деп сұрады Әлисә.

Қалпақты үнсіз басын шайқады. "Мен емес!" деді ол. "Біз өткен Наурызда дауласып қалғанбыз—оның есі ауысып кетпестен бұрын—" (Наурыз Көжегіне қасығын шошайтып,) "—Түйе Табан Мәтке қойған концертте болатын, мен онда былайша

'Жылтылдаған жарғанат!
Кімге қарап қас қағад!'

Өлеңді білетін шығарсың?"

"Естіген сияқтымын," деді Әлисә.

"Жалғасы бар," деді Қалпақты, "былайша:—

'Аспанға сен шарықтап,
Шәй буындай қалықтап.

   Жылтылдаған—'"

Осы кезде Қарақас бір сілкініп, ұйқылы күйінде өлең айта бастады *"Жылтылдаған, жылтылдаған, жылтылдаған, жылтылдаған—",* ұзағынан айтқаны сонша, басқалары шымшып тоқтатты.

"Бірінші шумақты бітіріп болғаным сол ғана," деді Қалпақты, "Мәтке шыңғырып жіберді, 'Ол уақытты өлтірмекші! Басын алыңдар!'"

"Не деген қаталдық!" деп Әлисә айқайлап жіберді.

"Сол кезден бері," деп жалғастырды Қалпақты мұңайып, "өтінішімді орындап көрген емес! Қазір үнемі сағат алты соғады да тұрады."

Әлисәға тапқыр ой келді. "Бұл жерде шәй шыныларының жайылғаны сол себептен бе?" деп сұрады ол.

"Дәл солай," деді Қалпақты демін алып: "Уақыт шәй ішуге шақырады да тұрады, арасында ыдыс жуып та үлгермейміз."

"Сонда үнемі қозғалыстасың ғой?" деді Әлисә.

"Дәл солай," деді Қалпақты: "ішетін нәрсе біткенде."

"Қайтадан басынан бастағанда не істейсіз?" деп сұрады Әлисә батылданып.

"Тақырыпты алмастырсақ қалай," деді Наурыз Көжегі, керіліп-созылып. "Мен әбден жалықтым. Одан да бойжеткен бізге ертегі айтсын."

"Ойыма ешнәрсе келетін емес," деді Әлисә, ұсыныстан жалтарып.

"Онда Қарақас айтсын!" деп бұйырды Қалпақты мен Наурыз Көжегі. "Тұр ұйқыңнан Қарақас!" Екеуі екі жақтан шымшыды.

Қарақас жайлап көзін ашты. "Мен ояу жатыр ем," деді қарлыққан, әлсіз дауыспен,: "Сендердің айтқандарыңның бәрін тыңдап жатқанмын."

"Бізге ертегі айт!" деді Наурыз Көжегі.

"Иә, айтыңызшы!" деп Әлисә да өтінді.

"Жылдамырақ баста," деп қостады Қалпақты, "әйтпесе тағы ұйқыға кетерсің."

"Ертеде үш апалы-сіңлілі қыздар өмір сүріпті," деп Қарақас асығыс бастады; "аттары Раиса, Айжан және Маруся; олар құдықтың түбінде тұрыпты—"

"Немен қоректеніпті?" деді Әлисә, үнемі басқалардың не жеп, не ішетінін білгісі келіп.

"Сірнемен қара сироп ішкен," деді Қарақас сәл ойланып.

"Мүмкін емес," деп ескертті Әлисә; "олар тек сірне жесе ауырып қалар еді."

"Ауырғандары рас," деді Қарақас; "*қатты* ауырды."

Әлисә көз алдына мұндай тіршілікті елестетіп көрді, бірақ оны бір ой мазалап: "Олар неліктен құдықтың түбінде тұрған?"

"Іш тағы шәй," деді Наурыз Көжегі Әлисәға, салмақты үнмен.

"Келгелі шәй татқан жоқпын," деді Әлисә реніпті үнмен, "бастамасам, қалай жалғастырмақпын."

"*Аздап* та іше алмаймын десеңші," деді Қалпақты: "дым татпағаннан *аздап* болса да татып қарау оңайырақ".

"*Сенің* пікіріңді ешкім сұраған емес," деді Әлисә.

"Қараңыз, жеке бастың шаруасына енді кім араласып жатыр?" деп Қалпақты қарсы сұрақ қойды.

Әлисә не айтарын білмеді: шәй татып, нан мен майдан аздап жеп, Қарақасқа бет бұрып, сұрағын қайталады. "Неліктен олар құдық түбінде тұрды?"

Қарақас бір сәтке ойланып, былай деді, "Ол өзі сірне шығаратын құдық болатын."

"Ондай нәрсе жоқ!" деп Әлисә ашулана айта бастағанда, Қалпақты мен Наурыз Көжегі бірге "Тшшш!" деп, Қарақас, "Тыныш отыра алмайтын болсаң, ертегіні өзің жалғастыр," деп ескерту айтты.

"О не дегеніңіз, айта беріңіз!" деді Әлисә өтініп; "Сөзіңді енді бөлмеймін. Мүмкін, бір жерде *сондай* құдық бар шығар."

"Бар екені рас!" деді Қарақас ызалана. Дегенмен, әңгімесін әрі жалғастырды. "Бұл үш апалы сіңлілі—сурет салуды үйреніп жатқан—"

"Олар ненің суретін салды?" деді Әлисә, берген уәдесін ұмыта.

"Балқаймақтың," деді Қарақас бұл жолы еш мән берместен.

"Маған таза кесе керек," деп сөз бөлді Қалпақты: "тағы бір орынға жылжиықшы."

Осыны айтып, орнын ауыстырды, Қарақас артынан ілесті: Наурыз Көжегі Қарақастың орнына келіп, Әлисә амалсыз Наурыз Көжектің орнын басты. Бұл қозғалыстан Қалпақты ғана ұтты; Әлисәнің жағдайы бұрынғыдан нашарлады, Наурыз Көжегі сүтті өз ыдысына төңкере салды.

Әлисә Қарақасты қайтадан ренжіткісі келмеді, сондықтан абайлап қана: "Мен әлі түсінбедім. Олар балқаймақты қайдан алды?"

"Әдетте суды су құдығынан ала аласың," деді Қалпақты; "ендеше балқаймақты балқаймақ құдығынан алуға болады—түсіндің бе енді, ақымағым?"

“Бірақ олар құдықта өмір сүрді ғой,” деді Әлисә Қарақасқа, соңғы айтылған сөзді естімегендей.

“Әрине сонда тұрды,” деді Қарақас, “жайғасып тұрды.”

Бұл жауап Әлисәні шатыстырғаны соншалық, ол Қарақасты сұрақпен енді қинамады.

“Олар сурет салуды үйреніп жатқан болатын,” деп Қарақас сөзін жалғастырды, керіліп, көзін уқалап; “олар М әріптен басталатын нәрселердің суретін салды—”

“Неге М-дан басталатын?” деп сұрады Әлисә.

“Неге М болмасқа,” деді Наурыз Көжегі.

Әлисә үн қатпады.

Қарақас бұл кезде көзін жұмып, ұйқыға кете бастады; бірақ Қалпақты оны шымшып, айқаймен оятып жіберді: “—мысалы мүйіз, мысық, ми, мыңдаған дүние,—біз әдетте екеуінің айырмашылығы жоқ дейміз—сол екі бірдей нәрсенің суретін салғанын көріп пе едің?”

“Шынымен меннен сұрап тұрсың ба,” деді Әлисә, әбден шатысып, “Олай болуы мүмкін емес—”

“Ендеше аузыңды ашпа,” деді Қалпақты.

Бейшара қыз мұндай дөрекілікке шыдай алмады: ашумен орнынан атып тұрып, жөніне кетті: Әлисә аналар одан кешірім сұрай ма деген үмітпен артына бұрылып қарағанда, Қарақас сол бойда ұйқыға кеткен де ал ана екеуі қыздың кеткенімен шаруасы болмады: соңғы рет көргені Қарақасты олар құманның ішіне тығып жатқан.

“Не болса да енді мен *онда* қайтып бармаспын!” деді Әлисә тоғайға бет ала. “Не деген мағынасыз шәй ішу!”

Сөйтіп айтып болмайынша, ағаштардың біреуінің есігі бар екенін байқады. “Қызық екен!” деп ойлады қыз. “Бүгін қаншама ғажайып нәрсе көрдім. Бұны да байқап көрейін.” Әлисә айтқанындай істеді.

Кенеттен тағы бір ұзын дәліздің ортасындағы әйнек кішігірім үстелдің қасынан бір шықты. "Бұл жолы бәрін дұрыс істермін," деп өз-өзін сендіріп, кішкентай алтын құлыппен есікті ашып, баққа енді. Сонан соң қалтасынан саңырауқұлақты алып, бойы бір шаршы болғанша жей бастады: одан әрі жүріп, аяғында әсем гүл бағына тап болды.

VIII Бөлім

Мәткенің крокет алаңы

Бақтың алдында *биік* раушан гүл ағашы тұрды: өсіп тұрған гүлдер ақ болғанымен, айналасындағы үш бағбан оларды қызылға бояумен әуре. Әлисә бұған таңдана қарап, ағаштарға жақындап келгенінде біреуінің, "Бестік, абайла! Бояуды маған олай шашпа!"

"Амалым болмады," деді Бестік, жабыраңқы үнмен; "Жетілік шынтағымды қағып жіберді."

Жетілік басын көтеріп, "Дұрыс болғаны, Бестік! Өзгелерге солай жала жап!"

"*Сенің* үндемегенің жөн шығар!" деді Бестік. "Мен кеше ханымның сенің басыңды алмақшы екенін естігенмін!"

"Не үшін?" деді естігендердің біреуі.

"Сенің шаруаң болмасын, Екілік!" деді Жетілік.

"Әрине, оның шаруасы!" деді Бестік, "айтып қояйын— бұл жаза оған пияздың орнына аспазға қызғалдақ тамырын әкелгені үшін берілген еді."

Жетілік қылқаламын төменге қойып, "Әділетсіз істердің бәрін айтсақ—" көзі бұлардың бәрін қарап тұрған Әлисәға түсіп: жан-жағына қарады, басқалары да бұрыла қарап, иілді.

"Айтыңызшы, өтінем," деді Әлисә аз қысыла, "ана раушандарды неге бояп жатырсыз?"

Бестік пен Жетілік үндемей, Екілікке қарады. Екілік жай үнмен, " Шындығына келсек, бойжеткен, бұл жерде *қызыл* раушан ағашы тұру керек еді, біз қатемен ақ раушан отырғызғанбыз; егер Мәтке білсе, бәріміздің басымызды алар. Осылайша, біз ол келмей тұрып, қолдан келгенімізді жасап жатырмыз—" Осы кезде, бақтың арғы бетінде тынымсыздана күтіп отырған Бестік "Мәтке! Мәтке!" деп айқайлап, үш бағбан жерге беттерімен құлады. Бірнеше кісінің аяқ басқандары естіліп, Әлисә Мәткені көруге құштарланып, жан—жағына қарады.

Бірінші болып, шытыр арқалаған он әскер келді; олар үш бағбан кейпінде, жалпақ және ұзынан, қолдары мен аяқтары бұрышында: келесі он сарай маңын күтушілер: олар түйе табанмен безендірілген, әскерлерше екі-екіден жүрді. Бұдан кейін патшаның он шақты балалары келді: кішілері бір-бірінің қолдарынан ұстап, қуана секіріп: үстері түгелдей түйе табанмен безендірілген. Келесі кезекте қонақтармен бірге Патшалар мен Мәткелер, олардың арасында Қоян да болды: Қоян асыға сөйлеп, айналасындарға жымия қарап, Әлисәға мән берместен өтті. Одан кейін қолында Патшаның тәжін күрең қызыл барқыт жастыққа ораған Түйе Табан Балта өтті; ұзын кереуеннің соңынан, ТҮЙЕ ТАБАН ПАТША МЕН МӘТКЕ келді.

Әлисәға үш бағбан секілді бетіммен жерге жатсам да деген ой келді, алайда бұрын кереуен өткенде бұндай тәртіптің барын естімеген еді; "оның үстіне, бұндай кереуеннің пайдасы не," деп ойланды Әлисә, "көрермендердің бәрі бетімен жерге жатып, өткен- кеткенді көрмейтін болса?" Осы оймен орнынан қозғалмады.

Керуен Әлисәға қарсы келгенде, бәрі бірдей тоқтап, оған қарап, Мәтке қатты дауыспен "Бұл кім өзі?" деді Түйе Табан Балтаға, ол болса үнсіз жымиып, иілді.

"Ақымақ!" деді Мәтке басын шайқап; Әлисәға қарап, "Атың кім, балақай?"

"Менің атым Әлисә, рұхсат етіңіз," деді Әлисә сыпайы түрде; бірақ өз-өзіне, "Бұлар бар жоғы ойнайтын карта емес пе. Олардан қорқып нем бар!"

"Ал *мыналар* ше?" деді Мәтке, раушан ағашын айнала жатқан бағбандарға қол нұсқап; айта кететін жай, үш бағбан беттерін жерге беріп жатқандықтан, арқаларындағы өрнектер қорапшаларымен тұтасқандықтан,

Мәтке олар бағбандар ма, әскерлер ме, сарай күтушілер ме, әлде өз балалары ма, оны айта алмады.

"*Мен* қайдан білейін?" деді Әлисә өз батылдығына өзі сенбей. "*Менің* онда шаруам жоқ."

Мәткенің ашудан өңі түтеп, жабайы хайуандай қыр көзін тастап, айқай шығарды "Басын алыңдар! Басын алыңдар—"

"Былжырақтық!" деді Әлисә батылды түрде, Мәтке үнсіз қалды.

Патша оның қолына өз қолын қойып, "Тыңдашы, аяулым, ол жәй бала ғой!" деді мәткеден жасқана.

Мәтке одан теріс айнала, Балтаға қарап "Алдыма әкел!"

Балта айтқанындай істеді, ақырын ғана бір аяғымен.

"Тұр кәне!" деді Мәтке ащы, қатты дауыспен, үш бағбан сол бойда секіріп тұрып, Патшаға, Мәткеге, оның балдарына, басқаларға да иіле бастады.

"Тасташы оны!" деді Мәтке. "Сен менің басымды айналдырдың." Солай деп, раушан ағашқа бұрылып, "Бұл жерде сен не істеп *тұрсың?*"

"Рұхсат етіңіз Мәтке," деді Екілік сыпайы үнмен, бір тізесін бүгіп "біз барымызша—"

"Солай дейсің!" деді Мәтке, раушан гүлдеріне қараған кейпі. "Бастарын шабыңдар!" Керуен алға жылжып, артта басын шабуға бұйырылған бейшара үш бағбан Әлисә құтқара ма деп жүгірді.

"Бастарыңды алмас!" деп Әлисә оларды маңайдағы гүл өсіп тұрған үлкен ыдысқа тықты. Үш әскер бір-екі минут іздегендей болып, көштің артынан үнсіз ілесті.

"Бастарын алдыңдар ма?" деп ақырды Мәтке.

"Алынды бастары, мәртебелім!" деп әскерлер жауап берді.

"Дұрыс болған!" деп ақырды Мәтке. "Крокет ойнап жіберші."

Өтініш Әлисәға бағытталған соң, әскерлер үнсіз соған қарады.

"Әрине!" деп айқайлады Әлисә.

"Кел бері онда!" деп Мәтке ақырды, Әлисә көшке қосылып, келесі не күтіп тұр екен деп білгісі келді.

"Қандай керемет күн!" деген сыпайы дауыс шықты. Әлисә қыз Ақ Қоянның қасында келе жатқан.

"Өте әдемі," деді Әлисә: "Герцогиня қайда?"

"Тыныш! Тыныш!" деді Қоян асығыс үнмен. Сөйлеп жатырып, әлденеден үріккендей жан-жағына қарап, аяғының ұшымен, қыздың құлағына жақындап, "Оның басын алғалы жатыр," деп сыбырлады.

"Не үшін?" деді Әлисә.

"'Өкінішті!' дедің бе?" деп сұрады Қоян.

"Жоқ, олай дегем жоқ," деді Әлисә: "Өкінішті деп тіптен ойламаймын. 'Не үшін?' дедім."

"Ол Мәткенің құлағын соғып тастаған—" деп Қоян бастады әңгімесін. Әлисә шыдай алмай, күліп жіберді. "Тыныш, кәне!" деп Қоян үріккен дауыспен сыбырлады. "Мәтке естіп қояр сені! Ол өзі кешігіп келді, Мәтке оған—"

"Орындарыңа барыңдар!" деп Мәтке күн күркіріндей қаһармен ақырды, барлығы бір-біріне түйісе, жан -жаққа қашты: дегенмен, бір-екі минутта тыныштық орнап, жаңа бір ойын басталды.

Әлисә мұндай қызық крокет ойынын бұрын-соңды көрмеген еді; қаптаған үстірттер мен арба дөңгелегінің іздері: крокет доптары тірі кірпілер де, ал қол тоқпақтары тірі қоқиқаздардың өзі, әскерлер аяқтары мен қолдарын бүгіп доға жасап тұр.

Әлисә үшін қиындық тудырған қоқиқаз болатын: аяғын төменге жіберіп, денесін бүгіп қолының астына ыңғайлап тықса да, мойнын созып, кірпіні басымен бір соқпақшы бола жаздағанда, денесін дөңгелене ширатып, қыздың бетіне бір нәрсе түсінбегендей үңілгенде, Әлисә өз-өзін ұстай алмай, күліп жіберген; қоқиқаз басын қайта төмен салып, бұрынғы қылығына тағы кірісе бастағанда, кірпінің денесін жазып, жыбырлап кетіп бара жатқаны адам түршігетіндей көрінді: бұның үстіне, қыз кірпіні қайда жіберем дегенде, жолдың бәрі үстірттер мен қыраттар болды, және де екі бүктелген әскерлер бір жатып, бір тұрып, Әлисә бұл күрделі ойыннан дым шықпас деген тұжырымға келді.

Ойыншылар кезек күтпей, бәрі бір уақытта ойнады, ойын барысында ұрысып-керісіп, кірпілерге таласты; көп ұзамай Мәтке қаһарлы кейіппен жер тебініп жүріп, айқай салды "Ол еркектің басын алыңдар!" деп бір айтса, келесіде "Ол қатынның басын алыңдар!" деп минутына бір айқайлады.

Әлисә өзін ыңғайсыз сезінді: анығына келсек, ол әлі де бір рет Мәткемен таласқа түсіп көрген емес, дегенмен не боларын кім білген, "одан соң" деп ойлады ол, "маған не болады? Бұлар өзі кісі басын алдыруға құмар; білгім келетіні, бұл жерде тірі жан қалар ма екен!"

Қашсам ба деген оймен Әлисә, көзге түспейтін жол іздеді, бір уақытта ауада тап болған нәрсені байқады: алғашында түсінбей, бір-екі рет үңілгеннен кейін, әлгі нәрсе езуге ұқсағандай болды, "Бұл Чеширлік Мысық: енді сөйлесетін жан табылдау-ау."

"Жағдайың қалай?" деді Мысық, сөйлейтін аузы пайда болғаннан кейін.

Әлисә көздері пайда болған соң ғана, басын изеді. "Оған сөйлегеннен пайда жоқ," деп ойлады ол, "алдымен, құлақтары көрінсін, ең болмаса бір құлағы." Сәлден кейін, мысықтың басы көрінді, Әлисә қоқиқазды жерге қойып, тыңдайтын жан табылғанына қуанып, ойынға мән бере бастады. Мысық басының көрінгені жарар деп, денесін көрсете қоймады.

"Бұлар әділ ойнап жатырған жоқ," деп Әлисә наразылық білдіре әңгімесін бастады, "бәрі бірге дауласып, кімнің не айтқаны естілмейді—ережелер де белгіленбеген: болса да, оны қадағалап жатырған ешкім жоқ—айналаның бәрі тірі жан болғандықтан, кісіні шатыстырады: мысалы, мен ана шеттегі доғадан жүруіп өтуім керек—Мәткенің кірпісін қол тоқпақпен соғуым керек еді жаңа ғана, ол болса менікінің келе жатқанын көріп домалай қашты!"

"Мәтке қалай ұнап жатыр?" деді Мысық жай ғана.

"Тіптен жаратпаймын," деді Әлисә: "ол аса—" деп айта бастағанда Мәткенің арт жағында тыңдап тұрғанын сезіп "—алға шығып кетуіне ұқсайды, ойынды аяғына жеткізудің мәнісі жоқ."

Мәтке бұған разы болып, әрі жүріп кетті.

"Сен кімге сөйлеп тұрсың?" деді Патша, Әлисәға жақындап, Мысыққа таңқала қарап.

"Бұл менің досым—Чеширлік Мысық," деді Әлисә: "таныстырып қояйын."

"Ұсқынын ұнатпай тұрмын," деді Патша: "қаласа, қолымнан сүюіне болады."

"Сүюге ынтам жоқ," деді Мысық.

"Өрескелдік көрсетпе," деді Патша, "маған ондай көзбен қарама!" деп айтып жатып Әлисәнің артына жасырынды.

"Патшаға мысықтың қарауына болады," деді Әлисә. "Бір кітапта оқығаным бар, қай кітап екені есімде жоқ."

"Көзін құрту керек," деді Патша үзілді-кесілді; өтіп бара жатқан Мәткені шақырды, "Құрметтім! Мына мысықтың көзін құртуыңды өтінемін!"

Мәтке ірі-ұсақ мәселелердің тек бір шешу жолын білетін. "Басын алыңдар!" деді.

"Бас алатын жендетті өзім алып келейін," деп Патша асыға жүріп кетті.

Әлисә ойын барысын көремін бе деп ойланып тұрғанда, Мәткенің айқай дауысын алыстан естіді. Мәткенің үш ойыншыны кезектерін жіберіп қойғаны үшін жазалағанын есіне түсіріп, ойын бей-берекет, кезексіз жаңылыс болып жатқандықтан, қыз өзінің кірпісін іздеп кетті.

Кірпісі басқа кірпімен төбелесіп жатқандықтан, Әлисә оларды бір-біріне крокетпен соғып жіберсем деп ойлады: осы кезде қоқиқаздың бақтың басқа бетіне өтіп кетіп, ағашқа міне алмай жатқанын Әлисә байқап қалды.

Қыз қоқиқазды ұстап алып келген кезде төбелес бітіп, екі кірпі көзден ғайып болған: "кетсе кетсін," деп ойлады Әлисә, "бәрібір мына беттегі доғалар да жоқ." Осылайша, қоқиқазды қашып кетпесін деп қолының астына алып, досымен әңгімесін жалғастыруға бет алды.

Чешірлік Мысыққа оралғанда, айналасында жиналған көпшілікті көріп таң қалды: бас алушы жендет, Патша және Мәтке жағаласа сөйлеп, таласқа түсіп, қалғандары үнсіз ыңғайсыз қарап қалған.

Әлисә келгенде, оған мәселені шешіп бер деп өтініш жасады, дауларын жарыса айтып, не айтқандарын түсінбей қыз әбігер болды.

Бас алушы жендеттің айтуынша, денесі жоқтың басын ала алмайсың: ол бұрын-соңды ондай істеп көрмеген, және де *өзінің* заманында ондай істі бастамақ ойы жоқ.

Патшаның айтуынша, басы бар болса, бәрінің де басын алуға болады, сандырақтамаңдар деді.

Мәткенің айтуынша, айтқан бұйрық бір минуттан кешігіп орындалмаса, айнала бәрінің басын алмақшы. (Соңғы айтылған сөз жұртшылықты дүрліктіріп, абыржытты.)

Әлисә не айтарын білмей, "Ол Герцогиняның меншігінде, *содан* сұрағандарыңыз жөн," деді.

"Ол түрмеде," деді Мәтке жендетке: "сол жерге барып ұстаңдар." Бас алушы жендет садақтай ұшты.

Мысықтың басы да тасадан жоғала бастады, жендет Мәткемен қайта оралғанда, түгелімен ғайып болды: Патша мен жендет ерсілі бір төмен, бір жоғары жүгіріп, айнала іздеді, қалған қонақтар ойынды әрі қарай жалғастырды.

IX Бөлім

Тасбақа-мыстың

әңгімесі

"Айналайын, сені көргеніме қуанышымда шек жоқ!" деп Герцогиня Әлисәні қолтықтап, екеуі бірге жүріп кетті.

Әлисә оның көтеріңкі көңілде болғанына қуанып, олардың бұрынғы кездесуінде оны дөрекі қылып көрсеткен асүйдегі бұрыш шығар деп ойлады.

"*Мен* Герцогиня болып тұрған шағымда," деді өз- өзіне, (алайда сенімсіздеу түрмен), "Ас үйімде бұрыш *тіптен* атымен болмас. Сорпа бұрышсыз да жақсы шығады—Адамдарды ашушаң қылатын мүмкін бұрыш шығар," деді ол жаңа ереже тапқанына мәз болып, "сірке су сүмірейтеді—түймедақ кісіні қатал етер—және—арпа қанты мен басқалары балаларды тәтті қылықты қылады. Адамдар *соны* білсе ғой: білгенде сондай сараң болмас еді—"

Бұл кезде қыздың ойынан Герцогиня шығып кеткен еді, кенеттен тап құлағының қасынан оның дауысын естіп шошынды. "Қарағым, бір нәрсені ойлаудасың, сондықтан әңгімеге араласпайсың. Соның турасында айтылған ғибрат бар, есіме түскен соң айтармын."

"Мүмкін жоқ шығар," деді Әлисә батылды ескерте.

"Айтпа олай, балақай!" деді Герцогиня. "Таба білсең, әр нәрсенің ғибраты бар." Әлисәнің жанына қысыла жақындай түсті.

Әлисәға оның жақындағаны ұнамады: біріншіден, Герцогиня *тым* ұсқынсыз еді; екіншіден, оның бойы қыздың иығына жетіп, үшкір иегін Әлисәнің иығына қойып, сөйледі. Алайда, қыз сыпайы болуға тырысып, барынша шыдады.

“Ойын қызығы енді басталды,” деді ол әңгімені жалғастыра.

“Ол рас,” деді Герцогиня: “бұдан алар ғибрат—‘Ой, бұл махаббат, бұл махаббат, тіршіліктің көзі!’”

“Ал біреу айтқан екен,” деп сыбырлады Әлисә, “бұл махаббат әркімнің бос сөзі!”

“Ал, жарайды! Мағынасы бір ғой,” деп Герцогиня Әлисәнің иығына өткір иегін тесе түсті, “*бұдан* алар ғибрат—‘Мағынасы келіссе, әріптер де үйлесер’.”

“Ғибрат тапқыш екен!” деп ойлады ішінен Әлисә.

“Беліңнен неге құшақтамадым деп тұрған шығарсың,” деді Герцогиня үнсіздіктен соң: “Қоқиқазыңның қылығына сенімсізбін. Байқап көрейін бе?”

“Тістеп алуы мүмкін,” деді Әлисә, Герцогинияның ұсынысын ұнатпай.

“Әбден мүмкін,” деді Герцогиня: “қоқиқаз бен қыша тістейді. Бұдан алар ғибрат—‘Қауырсынды құстар топтасып жүреді’.”

“Қыша құс болып табылмайды,” деп ескертті Әлисә.

“Бұл да рас,” деді Герцогиня: “тауып айттың!”

“Ол минералды зат сияқты,” деді Әлисә.

“Әлбетте минералды зат,” деді Герцогиня, Әлисә не айтса да келісе кетіп: “бұл жерде қыша шығатын құдық бар. Бұдан алатын ғибрат—‘Менен көп шықса, сенен аз шығар, сенен аз шықса, менен көп шығар’.”

“А, таптым мен!” деп айқайлап жіберді, соңғы сөзді естімеген Әлисә, “Бұл көкөніс. Сыртынан көкөніске ұқсамайды, бірақ сол.”

“Сенімен толықтай келісемін,” деді Герцогиня; “бұдан алар ғибрат—‘Өз еркіңмен бол’—басқаша сөзбен—‘Басқаларға басқаша көрінер деп ойлағаныңнан басқаша көрінбей қалармын не қалмаспын деп өзгелерге көрінермін деп өз-өзіңе елестетпе’.”

"Айтқаныңызды түсінер ем," деді Әлисә сыпайы түрде, "егер жазып алсам: сіз ауызша айтып жатқанда, түсіне бермеймін."

"Одан да артық айтатындарым көп," деді Герцогиня қыздың айтқаны құлаққа жаққанын білдіріп.

"Одан ұзақ айтудан сақтаныңыз," деді Әлисә.

"Сақтануды айтпа!" деді Герцогиня. "Айтқанымның бәрін де саған сыйға тартам."

"Арзан сый деңіз!" деп ойлады Әлисә. "Ондай сыйлық-тардың болмағаны қандай жақсы!" Алайда, дауыстап айтуға тәуекелі бармады.

"Қайтадан ойға баттың ба?" деп сұрады Герцогиня, үшкір иегін тағы батыра.

"Ойлауыма құқым бар," деді Әлисә өткір тілмен, артынша айтқанына өкініп.

"Құқың болғанда қандай," деді Герцогиня, "шошқалар-дың ұшқанындай; ал ғ—"

Осы тұста, Герцогиняның үні өше бастап, "ғибрат", деген сүйікті сөзінің өзі шорт бөлініп, қыздың қолтығынан ұстаған қолы дірілдеп кетті. Әлисә басын көтергенде, Герцогиня тап алдында, қолын қуысып, найзағайдай түйілген.

"Күн қандай тамаша, Мәртебелім!" деп шықты Герцоги-няның әлсіз үні.

"Саған тағы ескертемін," деп ақырды Мәтке, аяғымен жерді тебе; "не сен не сенің басың жоғалу керек! Өзің таңда!"

Герцогиня таңдауын жасап, әп -сәтте ғайып болды.

"Ойынды әрі жалғастырайық," деді Мәтке Әлисәға; Әлисә сөйлеуге қорқып, оның артынан крокет алаңына ілесті.

Қалған қонақтар Мәткенің жоқтығын пайдаланып, көлеңкеде демалып отырған: алайда, оны көрген сәтте, ойынға қайта асығып, Мәтке оларға сәл кешіксеңдер, өмірмен қоштасасыңдар деп көңілді үнмен әмір берді.

Ойын барысы бойы Мәтке басқа ойыншылармен дауласуын қоймады, "Ана еркектің басын алыңдар!" не "Ана қатынның басын алыңдар!" деп айқайлаумен болды. Басын алуға бұйырғандарын жендеттер тұтқынға алып, доға жасап тұруға ешкім қалмай, ойынның соңында доға да қалмай, ойыншылар не тұтқынға алынып не басы кесуге бұйырылып, тек Патша, Мәтке және Әлисә қалды.

Содан кейін Мәтке де кетіп, "Тасбақа-мысты көрдің бе?" деп сұрады Әлисәдан ынтыға келіп.

"Жоқ," деді Әлисә. "Мен тіпті Тасбақа-мыс кім екенін де білмеймін."

"Тасбақа-мыс сорпасы жасалатын нәрсе ғой," деді Мәтке.

"Ол туралы естіген де, не көрген де жоқпын," деді Әлисә.

"Кел бері онда," деді Мәтке, "әңгімесін айтып берейін."

Екеуі жүре бастағанда, Әлисә Патшаның баяу үнмен айналасындағыларға, "Кетулеріңе рұқсат." "Дұрыс болған!" деді ол өз-өзіне, Мәткенің қаншама кісінің басын алуға бұйырғанын есіне алып.

Көп кешікпей олар күн көзінде ұйықтап жатқан Грифон-қа жолықты. (Грифон қандай болатынын білмесеңіз, ол бүркіттікіндей қанаты мен басы бар, төменгі денесі арыстандай келесі бетте.) "Тұр кәне, жалқау неме!" деді Мәтке, "мына бойжеткенді Тасбақа-мысты көріп, әңгіме-сін естіртуге алып бар. Мен барып, бұйырғандардың басы алынды ма қарап келейін;" деп, Әлисәні Грифонмен жал-ғыз қалдырып, кетіп қалды. Әлисә бұл аңның түрін ұнатпады, дегенмен Мәткеге жолағанша, осының қасында қалсам аман болармын деген оймен тосты.

Грифон ұйқыдан тұрып, көзін уқалады: Мәтке көзден ғайып болғанын бақты да: мырс-мырс күлді. "Қызық болды!" өз-өзіне айтып, Әлисәға да естірткендей.

"Не қызық?" деді Әлисә.

"Әрине, *ол*," деді Грифон. "Бұл оның тек қиялы ғана, яғни: олар ешқашан ешкімнің басын алмайды, білесің ғой. Кел бері!"

"Бұл жерде бәрі "Кел бері!" дейді деп ойлады Әлисә: "Бұрын соңды маған бұлай ешкім бұйырып көрмеген, ешқашан да!"

Көп ұзамай олар алыстан Тасбақа-мысты байқады, ол жартастың басында жалғызсырап, мұңайып отыр екен, олар жақындағанда, Әлисә оның жүрегі жарылардай күрсінгенін естіді. "Ол неге сондай бақытсыз?" деп сұрады қыз Грифоннан. Грифон бұрынғыдай, "Жай қиялы ғой, яғни: ол қасірет шегіп отырған жоқ, белгілі қой. Кел бері!"

Солай деп олар Тасбақа-мысқа жақындады, ол болса жасқа толы көзімен қарап, сөзге келмеді.

"Мына бойжеткен", деді Грифон, "сенің әңгімеңді білгісі келеді."

"Айтайын," деді Тасбақа-мыс еміс-еміс үнмен: "Екеуің де отырыңдар, мен сөйлеп болмайынша, бір сөз де айтпаңдар."

Осылайша олар жайғасып, ешкім де бір сәтке үн қатпады. Әлисә іптей ойлады "Бастамаса, *қашан* бітірмекші." Дегенмен, қыз шыдамдылықпен тосты.

"Бір күндері," деп бастады әңгімесін Тасбақа-мыс терең деммен, 'Мен шынайы Тасбақа болатынмын."

Осы айтылған сөздердің арты ұзақ үнсіздікке ұласып, арасында Грифонның "Құррр!" дегені, Тасбақа-мыстың өшпес еңірегені естілді. Әлисә орнынан тұрып, "Рахмет, мырза, қызықты әңгімеңіз үшін," деп айтқысы келгенімен, тағы жалғасы *болып қалар* деген оймен үнсіз отыра берді.

"Бала болған кезімізде," деп жалғастырды Тасбақа-мыс, еңсіреуін басып, дегенмен арасында жасын сүртіп "теңізге мектепке барғанбыз. Ұстазымыз қарт Тасбақа болатұғын—біз оны Құрбақа дейтінбіз—"

"Құрбақа деп неге атадыңыз, ол құрбақа болмаса?" деп сұрады Әлисә.

"Құрбақа деп атаған себебіміз, бізге құрлық туралы көп үйретті," деді Тасбақа-мыс ашуланып: "Сен шынымен адамды жалықтырасың!"

"Осындай қарапайым сұрақты сұрауға ұялмайсың ба," деп оның сөзін қостады Грифон; екеуі де тыныш қалып Әлисәға қарап қалды, ол болса жерге кіріп кетердей. Ақырында Грифон Тасбақа-мысқа, "Жалғастыра бер, достым! Бізді күні бойы күттірме!", содан ол былай деді:—

"Иә, біздер теңізден тәлім алғанбыз, сене қоймасаң да—"

"Олай деп айтқан емеспін!" деп бөлді сөзін Әлисә.

"Айтқансың," деді Тасбақа-мыс.

“Тарт тіліңді!” деді Грифон Әлисә ләм-мим дегенше. Тасбақа-мыс әрі қарай жалғастырды.

“Ең үздік білім берді—шынында біз тәлім алуға күнде барғанбыз—”

“Мен де барып көрдім күндізгі мектепке” деді Әлисә. “Мақтанудың қажеті жоқ.”

“Қосымша сабақтары болды ма?” деп сұрады Тасбақа-мыс тағатсыздана.

“Иә,” деді Әлисә, “Француз тілі мен ән сабағы болды.”

“Кір жуып та үйрендіңдер ме?” деді Тасбақа-мыс.

“Жоқ дағы!” деді Әлисә көкіректене.

"Аа! Онда сенікі жақсы мектеп болмаған ғой," деді Тасбақа-мыс өзін жұбатып. "Ал *біздің* мектепте, түбіртектің соңында, 'Француз тілі, ән сабағы, *және кір жуу*—қосымша' делінген."

"Көп зауқың да болмаған шығар," деді Әлисә; "теңіздің түбінде тұрып."

"Бәрін алуға мұқтажым жетпеді," Тасбақа-мыс күрсініп. "Мен күнделікті сабақтарға ғана қатыстым."

"Қандай сабақтар?" деп сұрады Әлисә.

"Оқтаулау мен Жаздыру, әлбетте, ең алдымен," деп жауап қатты Тасбақа-мыс; "сосын Арифметиканың әр түрлі салалары—Қоса ұмтылу, Алдын алу, Көркін кетіру, және Бөліп тастау."

"Көркін кетіруді естіген емеспін," деп сұрады Әлисә тәуекелденіп. "Ол не өзі?"

Грифон екі табанын қоса көтеріп таң қалды. "Көркін кетіруді естімедім дейсің бе!" деп айқайлап жіберді. "Көркін келтіруді білетін шығарсың?"

"Иә," дей салды Әлисә ойланбастан: "бұл дегенің— әлдебір нәрсені—әдемілендіру."

"Ендеше," деді Грифон әрі қарай, "көркін кетіруді білмесең, сен қарапайымдылықсың."

Әлисә бұдан әрі сұрақ сұрауға батылы бармай, Тасбақа-мысқа бұрылып "Тағы не үйрендің?" деді.

"Құпия сабағы болған," деп жауап берді Тасбақа-мыс, қақпақшаларымен сабақтарды санай отыра—"Құпия, ежелгі және қазіргі, Теңізге баулумен қатар: және Сөйлеп салу сабағы—Сөйлеп Салу сабағының ұстазы қарт жыланбалық болатын: аптасына бір рет келетін: *ол* бізге Сөйлеп салу, Созылу және Белдеу сабақтарынан берді."

"*Ол* қалай болды өзі?" деді Әлисә.

"Көрсете алмаймын," деді Тасбақа-мыс: "Денем тым шымыр. Грифон болса, ешқашан үйренбеді."

"Уақыт таппадым," деді Грифон: "Мен бірақ та Классикадан тәлім алғанмын. Ол түк пайдасыз болып шықты."

"Мен оған барған емеспін," деді Тасбақа-мыс күрсіне. "Ол Арамша мен Пақырша дәрістерінен берді, дейтін еді олар."

"Бергені рас, бергені рас," деді Грифон да күрсіне, екеуі де табандарымен беттерін бүркеді.

"Күніне неше сағат сабаққа бардың," деді Әлисә тақырыпты өзгерткісі келіп.

"Алғашқы күні он сағат," деді Тасбақа-мыс: "келесіде тоғыз сағат, солай жалғасады."

"Қызықты жоспар екен!" деп айқайлап жіберді Әлисә.

"Сондықтан да олар дәріс деп аталады," деді Грифон еске сала, "өйткені олар күн өткен дәріні бергендей азайып отырады."

Әлисә үшін бұл жаңа ұғым болатын, ол қайта-қайта ойланып барып, "Сонда он бірінші күні демалыс болған шығар?"

"Әлбетте," деді Тасбақа-мыс.

"Он екінші күні не істедіңдер?" деді Әлисә ынтасы күшейіп.

"Дәріс туралы әңгімені доғарайық," деді Грифон шешімді кейіппен. "Ойын туралы айтсаңшы."

X Бөлім

Теңіз шаян кадриль биі

Тасбақа-мыс бір күрсініп, қалпақшасымен көзін сүртіп өтті. Ол Әлисәға қарап, сөйлегісі келді, бірақ та еңкілден үні шықпады. "Тамағында сүйек тұрып қалғандай," деді Грифон; тасбақаның денесін сілкілеп, арқасынан қақты. Әреңдеп Тасбақа-мыстың дауысы шығып, жасы бетінен сорғалап ағып, былайша жалғастырды:—

"Теңіздің астында көп өмір сүріп көрмеген шығарсың—" ("Сүрген емеспін," деді Әлисә) "—теңіз шаянын жеп көрмеген де шығарсың—" (Әлисә "Бір жолы—" деп бастады да, соңынан асыға "Ешқашан жеген емеспін") "—ендеше, Теңіз Шаяны Кадриль биінің қандай әсем екені түсіңе де кірмес!"

"Ол рас," деді Әлисә. "Ол қандай би?"

"Алдымен," деді Грифон, "теңіз жағасын бойлай қатарға тұрып—"

"Екі қатар!" деп айқайлады Тасбақа-мыс. "Итбалықтар, тасбақалар, ақсеркелер, және басқалары: сосын медузалардың бәрін тазалағаннан кейін—"

“Әдетте *оған* біршама уақыт кетеді,” деп сөзін бөлді Грифон.

“—алға екі рет қадам жасап—”

“Әр адам теңіз шаянымен жұптасып!” деді Грифон қатты дауыспен.

“Әлбетте,” деді Тасбақа-мыс: “алға екі рет жылжы, жұбыңа қара—”

“—теңіз шаянын алмастырып, бастапқы жүрісіңмен шығып қал,” деп жалғастырды Грифон.

“Одан соң білесің,” деді Тасбақа-мыс, “әлгі нені лақтырасың—”

“Теңіз шаяндарын!” деп айқайлап жіберді Грифон, секіріп.

“—барыңша теңізге алыс лақтыр—”

“Артынан жүзі!” деп айқайлады Грифон.

“Теңізге баспен айналып түс!” деп шыңғырды Тасбақа-мыс, бойын билеген қуаныштан секіріп.

“Теңіз шаяндарын қайта ауыстыр!” деді Грифон дауысының шарықтау шегіне жетіп.

“Құрлыққа қайта оралып, сосын—бірінші бөлімі сонымен бітеді,” деді Тасбақа-мыс, кенеттен дауысы бәсеңдеп; манадан бері есі ауысқандай секіріп жатқан екі жануар маужыра отыра қалып, Әлисәға қарады.

“Өзі сондай әсем би болуы керек,” деді Әлисә ұяң дауыспен.

“Үзінді көргің келе ме?” деді Тасбақа-мыс.

“Аса құштарлықпен,” деді Әлисә.

“Кел мында, бірінші бөлімді қойып көрелік!” деді Тасбақа Грифонға. “Теңіз шаянынсыз да билеуімізге болады ғой. Қай әнді айтамыз?”

“*Сен* айтсаңшы,” деді Грифон. “Мен әннің сөздерін ұмытып қалдым.”

Осылайша олар Әлисәні үнсіз айнала билеп, кей-кезде бір-бірінің аяғын байқаусызда басып кетіп, алдыңғы

табандарымен уақыттың өткенін көрсетіп, Тасбақа-мыс
мына көңілсіз әнді айтты:—

"Шапшаң жүрші," деді мерланг ұлуға.

"Артымызда теңіз шошқасы, болмайды дейді тұруға.

Теңіз шаяны, тасбақалар алда кетті бәрі озып!

Тұр ғой әне таста олар безілдеп—келемісің бізбен

    бірге билеуге?

        Келемісің, келмеймісің, келесің бе билеуге?

        Келемісің, келмеймісің, келесің бе билеуге?

"Сенбесеңіз, келіп бірге қараңыз
Теңіз шаянмен лақтырғанда бізді олар
Қуаныштан теңізге біз барармыз!"
Ұлу айтты "Алыс кетті, тым алыс!" көз қиығын
*   салды ол дөңеске—*
Мерлангқа алғыс айтып келмес пе.
"Бара алмаспын биге мен бұл жолы," деді ұлу дем
*   алып.*
*   Бара алмаспын, бармақ емеспін, бара алмаспын.*
*   Бара алмаспын, бармақ емеспін, бара алмаспын.*

"Алыс не жақын не," деді оның қабыршақты жолдасы.
"Арғы жақта бір жаға бар, адаспасам.
Англиядан алшақ болса, Францияға жақындар—
Абыржымай ұлу досым бізбен бірге биге бар.
*   Барасың ба, бармаймысың, барасың ба биге сен?*
*   Барасың ба, бармаймысың, барасың ба биге сен?*

"Рахмет, өте қызықты би екен," деді Әлисә біткеніне қуанып: "Мерланг туралы өлеңді жақсы көрем!"

"Мерланг деймісің," деді Тасбақа-мыс, "олар—көріп көрдің бе?"

"Иә," деді Әлисә, "Иә көретінмін жиі кешкі ас—" деп өзін-өзі шапшаң толықтырды.

"Кешше астың қайда екенін білмедім," деді Тасбақа Пақыр, "бірақ сен оны жиі көрсең, олардың қандай болатынын білесің ғой."

"Солай шығар," деді Әлисә. "Құйрығы аузында— қиқымдар үстінде жатады."

"Қиқым турасында қателесесің," деді Тасбақа-мыс: "қиқымдар суда шайылып кетеді. Бірақ құйрықтары шынымен ауыздарында; оның себебі—" деп барып Тасбақа-мыс есінеп, көзін жұмды. "Себебін, басқасын да айтсайшы оған" деді Грифон.

"Себебі," деді Грифон, "олар теңіз шаянымен билеуге *бармақ*. Теңізге тасталынбақ. Алысқа түседі. Солайша құйрықтарын ауыздарына тез салып үлгереді. Қайта шығара алмас үшін. Міне осылай."

"Рахмет," деді Әлисә, "өте қызықты. Мерланг туралы осыншама мәліметті бұрын білмеппін."

"Қаласаң, тағы қосымша айтайын," деді Грифон. "Неліктен ақ балық деп аталатынын білемісің?"

"Ол туралы ойламаппын," деді Әлисә. "Не себепті?"

"*Етік пен аяқ киімді ағартады*," деді Грифон салмақты түрде.

Әлисә түсінбей қалды. "Етік пен аяқ киімді ағартады!" деп қайталады ол түсінбеген кейіппен.

"Немене, *сенің* аяқ киімің солай істелінді ме?" деді Грифон. "Қалай жылтырап тұр деймін?"

Әлисә төменге қарады да, сәл ойланып барып: "Ағартып емес, қарайтып жылтыратқан сияқты."

"Теңіз астындағы етіктер мен аяқ киімдер," деді әрі қарай Грифон терең дауыспен, "ағартып жылтырайды. Енді міне білетін боласың."

"Олар неден тігілген?" деді Әлисә аса қызығушылық көрсетіп.

"Камбала мен жыланбалықтан, әрине," деді Грифон тағатсыздана: "кез-келген асшаян оны саған айта алады."

"Егер мен мерланг болғанда," деді Әлисә, ойы әнге оралып, "Мен бекіреге, 'Әрі тұршы: бізге қосылғаныңды қаламаймыз!' дер едім."

"Амалсыз қосқан оны," деді Тасбақа-мыс: "бекіресіз ешбір балық алысқа ұзамайды."

"Шынымен солай ма?" деді Әлисә таң қалып.

"Жоқ, әрине," деп жауап қатты Тасбақа-мыс. "*Маған* бір балық келіп, сапарға шықтым десе, мен оған 'Бекіреге ме?' деймін.

"'Бекерге ме' дегің келді ғой?" деді Әлисә.

“Не десем сол дегенім,” деді Тасбақа-мыс ренжіген кейіппен. Грифон “Ал енді сенің қызықты хикаяң туралы естиік,” деп қосылды.

“Басымнан өткен қызықты хикаялар—бүгін таңертең- нен басталған,” деді Әлисә сыпайы түрде: “алайда кеше болғанды айтудан еш пайда жоқ, ол кезде мен мүлдем басқаша адам едім.”

“Түсіндіріп жіберші,” деді Тасбақа-мыс.

“Жо-жоқ! Алдымен қызықты хикаяларды айт,” деді Грифон тағатсыздана: “түсіндірмеге қаншама уақыт кетеді.”

Сөйтіп Әлисә оларға Ақ Қоянға кездескен уақыттан бастап баяндап берді. Екі жануар көздері мен ауыздарын айқара ашып, екі жағына жақын келіп отырып алғанда қыз алғашқыда қобалжыды, бірақ батылдықпен әңгімесін әрі жалғастырды. Тыңдармандары құлақ салып тыныш отырды. Қыз Құртқа *Вильям ата, сіз қартайдыңыз*, деген жерге жеткенде, сөздері басқаша боп шығып, Тасбақа-мыс терең дем алып, “Өте қызықты екен,” деді.

“Бұдан қызықтырақ болып көрген емес,” деді Грифон.

“Бәрі әртүрлі боп шықты!” деді ой үстіндегі Тасбақа-мыс қайталап. “Ендігі кезекте мен бұл қыздың бір нәрсені қайталап айтқанын қалаймын. Баста деп айтшы,” деді ол Грифонның қызға сөзі өтетіндей.

“Тұр да қайтала *Мынау жалқаудың үні*,” деді Грифон.

“Жануарлар жануарға қалай бұйрық айтып, сабақ қайталатқызады!” деп ойлады Әлисә. “Одан да мектепке біржола барғаным артық шығар.” Алайда орнынан тұрып, айтқанды қайталай бастады, дегенмен ойы сол Теңіз Шаяны Кадриль биінен кетпегендіктен, не айтып тұрғанын өзі де түсінбей, сөздері бытырап шықты:—

"*Теңіз шаянның үні шығып: оның сөзін естігем*
'*Пеште мені көп ұстап, бетім-шашым күйген дейм.*'
Үйректердің қасындай
Белін буып, түйме жуып, башпайларын шошайтты.
Құм кепкенде, ол балаша қуанды,
Китше ақырып, мойнын созды:
Ал су келіп, толқын тұрса
Басын бұғып, үні тынды."

"*Менің* бала кезімдегі айтып жүрген әннен басқашалау," деді Грифон.

"Бұрын естіп көрген емеспін," деді Тасбақа-мыс: "бірақ жиі кездеспейтін сандырақ сияқты."

Әлисә ештеңе демеді; бетін қолымен жауып, енді алда тағы бір оқиға тап бола ма деп ойлады.

"Маған түсіндіріп жіберіңдерші," деді Тасбақа-мыс.

"Ол түсіндіре алмайды," деді Грифон асыға. "Келесі шумақты айта бер".

"Башпайы ше?" деп Тасбақа-мыс сұрап қоймады. "Мұрнымен башпайын қалай айналдырған?"

"Ол бидегі бірінші позиция," деді Әлисә; бірақ өзі көп нәрсені түсінбей отырып, әңгіменің басын басқаға бұрғысы келді.

"Келесі шумаққа көш," деп Грифон тағатсыздана қайталады: "'*Бағының қасымен өттім*' деп басталады."

Әлисәнің өлең шығару таланты болмаса да, өтінішті орындамауға дәті бармай, дірілдеген үнмен:—

"Бағының қасынан өткенде, көз қиығын тастадым,
Үкі менен Қабылан қосыла бәлішке бас салды:
Қабылан наннан дәм алып, етін ауызға бір салды,
Үкіге тек ыдыс бұйырды.
Бәліш бітіп, игілік етіп,
Үкіге қасық берілді:
Қабылан бір ырылдап, шанышқы мен пышақты
*   ұстад.*
Жиылыс сонымен тұсталды——"

"Қайталай бергеннен не пайда," деп бөліп жіберді Тасбақа-мыс, "түсіндіріп отырмасаң? Басымды әбден шатыстырып жіберді!"

"Келісем, осымен доғарғаның дұрыс," деді Грифон: Әлисә қуана тоқтатты.

“Теңіз шаян кадриль биінің тағы бір киіпкерін көреміз бе?” деді Грифон. “Әлде Тасбақа-мыс тағы бір ән шырқасын ба?”

“Тасбақа-мыс қарсы болмаса, ән жақсы болар еді” деп Әлисәнің құштарланғаны сонша, Грифон кейіп, “Хмм! Таңдауды қойып, “Тасбақа Сорпасын” айтып бер, құрдасым?”

Тасбақа-мыс терең дем алып, дірілдеген дауыспен әнді бастады:—

> *“Әдемі сорпа, жасыл қоп-қою,*
> *Ыстық ыдыста күтіп тұр!*
> *Кім қане бұдан қашып тұр?*
> *Кешкі асқа әдемі Сорпа!*
> *Кешкі асқа әдемі Сорпа!*
> *   Әп—әдемі сорпа!*
> *   Әп—әдемі сорпа!*
> *Кешкі астың сорпасы,*
> *   Әдемі, әдемі Сорпа!*

> *“Әдемі сорпа! Балықты не істейміз,*
> *Ойын деп өлмейміз,*
> *Әдемі сорпаға не жетсін?*
> *Екі тиынға басқа не келсін?*
> *   Әп—әдемі сорпа!*
> *   Әп—әдемі сорпа!*
> *Ке—е—ешкі астың со—о—орпасы,*
> *   Әдемі, әп-ӘДЕМІ СОРПА!”*

“Қайырмасын айт!” деп айқайлап жіберді Грифон, Тасбақа-мыс қайталауға кірісе бергенде, “Сот басталды!” деген алыстан үн шықты.

“Келсеңші!” деді Грифон, Әлисәні қолынан ұстап, әннің аяғына мән бермей жүріп кетті.

"Бұл не деген сот?" деп ынтыға сұрады жүгіріп келе жатқан Әлисә; бірақ Грифон, "Кел бері!" дегеннен басқа ләм демей, қаттырақ жүгіріп, ынтыға түскенде, аянышты үнмен:—

> "Ке—е—ешкі ас со—о—орпасы,
> Әдемі, әдемі Сорпа!"

XI Бөлім

Бәліштерді ұрлаған кім?

Бұлар келгенде Түйе Табан Патша мен Мәтке тақтарында отыр еді, айналарында көп қауым жиналған—неше түрлі құстар мен аңдарға қоса бір қорап карта да бар: алдарындағы тұсауына шынжыр салынған Балтаның екі жағынан екі әскер күзетіп тұр; Патшаның қасында Ақ Қоян, бір қолында керней, екінші қолында оралған қағаз болды. Сот алаңының дәл ортасында үстел, оның үстінде бәлішке толы үлкен таба болды: бәлішке қарап Әлисәнің қарны ашты—"Сотты тездетіп аяқтап, бәлішті таратса екен!" деп ойлады қыз. Алайда сот жақын арада біте қоймай, Әлисә уақытты қалай өткізерін білмей, жан-жағына қарай берді.

Әлисә бұрын соңды әділеттілік сотында болып көрмеген еді, бірақ кітаптан оқығандықтан, бәрінің аттарымен таныс. "Анау төре болуы керек," деді ол өз-өзіне, "ұзын жасанды шашына қарағанда."

Айтқандай Төре Патша тәжісін жасанды шашының үстінен киген, (қалай кигенін көргің келсе, кітаптың сыртқы бетіндегі суретке қара) бұлай кигені көзге ыңғайлы боп көрінбеді.

"Анау төрелер отыратын жер," деп ойлады Әлисә, "ал ана он екі тіршілік иесі," ("тіршілік иесі", деп айтуға мәжбүр болған себебі, кейбірі аң, кейбіреуі құс болатын), "Олар қазылар болуы керек." Ол соңғы сөзді білгеніне мақтанып, екі-үш рет өзіне қайталап айтты: расында да Әлисә жасты қыздардың бәрі бірдей бұл сөздің мағынасын біле бермейді. Дегенмен, "қазылар мүшесі" десе де жарап жатыр еді.

Он екі қазы тақталарға бірнәрсе жазумен әуре. "Олар не істеп жатыр?" деп сыбырлады Әлисә Грифонға. "Сот басталмай, олар ешнәрсе жаза алмайды ғой."

"Олар өздерінің аттарын жазып жатыр," деп сыбырлап жауап берді Грифон, "сот аяқталмай жатып ұмытып қалармыз деп."

"Ақымақтық!" деді де Әлисә ашынған дауыспен, тез арада үнсіз қалды; Ақ Қоян, "Тыныштық сақтаңдар!" деп айқайлады, Патша болса көзілдірігін киіп, кім сөйлеп жатқанын білгісі келіп, тағатсыз жан-жағына көз салды.

Әлисә басын созып қарағанда, барлық қазылар "Ақымақтық!" деп тақталарына жазып жатты; байқағаны біреуі "ақымақ" деген сөзді жаза алмай, көршісінен сұрады. "Сот аяқталмай жатып тақталарының тас-талқаны шығатын болды!" деп ойлады Әлисә.

Қазылардың біреуінің қарандашы сықырлады. Бұған Әлисә шыдай алмай, сот алаңынан айналып, артына барып, қарындашын алып алды. Шапшаң жұлып алғаны сонша, кішкентай бейшара қазы (Кесіртке Билл болатын) не болғанын түсінбей, іздеп-іздеп таба алмай, қалған уақытта бір саусағымен жазып, одан тақтаға белгі түспей, түк шықпады.

“Гералд, тартылған жазаны оқы!” деді Патша.

Айтқанындай Ақ Қоян кернейді үш рет үріп, оралған қағазды ашып, былай деп оқи бастады:—

“Түйе Табан Мәтке бәліш жасап,
Жаз келсін деп шақырды:
Түйе Табан Балта оны ұрлап,
Енді қайда лақтырды?!”

“Жазаңды шығар,” деді Патша қазыларға.

“Қазір емес, қазір емес!” деп Қоян асыға сөзін бөлді. “Одан бұрын істейтін шаруа көп!”

“Бірінші куәгерді шақыр,” деді Патша; Ақ Қоян кернейді үш рет үріп, “Бірінші куәгер!” деп шақырды.

Бірінші куәгер Қалпақты болатын. Бір қолында шәй кесе, бір қолында май жағылған нанмен келді. "Мархабат, ұлы мәртебелім," деп бастады ол, "қолымдағыны айып етпеңіз, олар мені шақырғанда, ішіп болмап ем."

"Жеп бітіретін уақытың болды ғой," деді Патша. "Қашан бастап едің?"

Қалпақты қолтығына Маубасарды қысып, сот бөлмесіне кірген Наурыз Көжекке қарады. "Наурыздың он төртінде-ау деймін," деп жауап берді ол.

"Он бесінде," деді Наурыз Көжегі.

"Он алтысында," деп қосылды Маубасар.

"Жазып ал," деді Патша қазыға, қазылар тақтаға айтылған үш күнді жазып алып, бәрін біріне-бірі қосып, шыққанын шилинг мен пұлға аударды.

"Қалпағыңды шеш," деді Патша Қалпақтыға.

"Менікі емес," деді Қалпақты.

"*Ұрлап алынған!*" деп Патша айқайлап, қазыларға бұрылды; олар болса оқиғаны бұлдыртпай жазып алды.

"Сатуға киіп жүрмін," деп түсіндірді Қалпақты: "Өзімнің қалпағым жоқ, қалпақ сатумен айналысам."

Осы кезде Мәтке көзілдірігін киіп, Қалпақтыға тесіле қарады; ол болса түсі бұзылып, қипалақтап қалды.

"Айғағыңды көрсет," деді Патша; "Абыржыма, әйтпесе тұрған жеріңде басыңды алдырармын."

Бұл сөз куәгерді тіптен асықтырмады: бір аяқтан бір аяққа ауысып, Мәтке ыңғайсыздана қарап, май жағылған наннан жеймін деп байқаусызда шәй шыныдан тістеп алды.

Тап осы сәтте Әлисә өзін қызық сезініп, не екенін білмей үлкен әуреге түсіп, ақырында барып ұқты; қайтадан бойы өсе бастаған еді, алғашқыда қыз орнынан тұрып, сот дәлізінен шықсам ба деп ойлағанмен, артынан барып, өсуге орын табылса болар деген оймен қалуды ұйғарды.

“Осыншама қыспасаң болар еді,” деді қасында отырған Маубасар. “Дем жетпей барады.”

“Әдейі істеп тұрғам жоқ,” деді Әлисә жәй ғана: “Бойым өсіп жатыр.”

“*Бұл жерде* өсуіңе құқың жоқ,” деді Маубасар.

“Сандырақтама,” деді Әлисә батылдана сөйлеп: “сен де өсіп жатырсың ғой.”

“Иә, бірақ *мен* орташа қарқынмен өсем,” деді Маубасар: “мындай ерсі түрде емес.” Көңілсіз көңілмен орнынан тұрып, сот дәлізінің қарсы жағына өтті.

Осы уақыт бойы Мәтке Қалпақтыдан көз алмады, Маубасар қарсы жаққа өтіп жатқанда, ол сот жендеттерінің біріне, “Соңғы концертте болған әншілердің тізімін алып кел!” дегені сол еді, бейшара Қалпақтының денесі дірілдеп, аяқ киімін сілкіп алды.

“Айғағыңды бер,” деп ашулана қайталады Патша, “әйтпесе дірілдегеніңе қарамай басыңды алдыртармын.”

“Мен бір бейшара пендемін, мәртебелім,” деп бастады Қалпақты дірілдеген дауыспен, “шәйімді бастаған да жоқпын—бір аптаның үстіндей—май жағылған наным да жұқарып бара жатыр—ана шәйдің жылтылдауы—”

“Ненің жылтылдауы?” деді Патша.

“Бәрі шәйдән *басталды*,” деп жауап берді Қалпақты.

“Әрине жылтылдау Ш-дан басталады!” деді Патша. “Мені топас санайсың ба? Жалғастыра бер!”

“Мен бір байғұс пендемін,” деді Қалпақты әрі қарай,

"содан бері көп нәрселер жылтылдады—тек Наурыз Көжегі айтты—"

"Айтқан жоқпын!" деп асыға сөзін бөлді Наурыз Көжегі.

"Айтқансың!" деді Қалпақты.

"Мен мойындамаймын!" деді Наурыз Көжегі.

"Ол мойындамайды," деді Патша: "сол жерді тастап кет."

"Не де болса, Маубасар айтты—" деді Қалпақты, Маубасар да жалтара ма деп абыржи қарап: бірақ Маубасар ештеңе деп айтпай, тез ұйқыға кетті.

"Одан кейін," деп жалғастырды Қалпақты, "Май жағылған нан кестім—"

"Маубасар не деді?" деп қазылардың бірі сұрады.

"Есімде жоқ," деді Қалпақты.

"Есіңе түсіруің *қажет*," деп ескертті Патша, "әйтпесе басыңды алдыртамын."

Аянышты Қалпақты кесесі мен май жағылған нанын жерге қойып, бір тізесін бүкті. "Мен бейшара пендемін, Мәртебелім" деп бастады ол.

"Сенің сөзге шеберлігің *жоқ*," деді Патша.

Осы кезде теңіз шошқалардың бірі шапалақтап жіберді де, сол арада оны сот жендеті басып тастады. (Қатты айтылған сөз болғандықтан, мен саған оның қалай болғанын айтқаным дұрыс. Олардың қолында аузы жіппен байланған үлкен кенеп дорба болатын: соның ішіне олар теңіз шошқаны салып, алдымен басын салып, сосын үстіне отырып алған.)

"Қалай болатынын көзіммен көргеніме қуаныштымын," деп ойлады Әлисә. "Газеттен оқитын едім, соттың соңында, 'Қолшапалақ болмақшы боп еді, сот жендеттері сол арада басып тастады,' соны тап қазірге дейін түсінбей келген едім."

"Бар білетінің сол болса, отыра беруіңе болады," деп жалғастырды сөзін Патша.

"Бұдан төмен түсе алмаспын," деді Қалпақты: "Қазірдің өзінде еденде отырмын."

"Онда *отыруыңа* болады," деп жауап берді Патша.

Осы кезде тағы бір теңіз шошқасы шапалақтап жібергенде, оны сол арада басып тастады.

"Осымен теңіз шошқаларының ісі аяқталды!" деп ойлады Әлисә. "Енді жағдайымыз оңалар."

"Шәйімді ішіп бітіргенім дұрыс болар," деді Қалпақты, әншілердің тізімін оқып отырған Мәткеге қобалжи қара.

"Бара беруіңе болады," деді Патша, Қалпақты аяқ киімін де киместен сот залынан асыға шығып кетті.

"—басын даладан аларсың," деді Мәтке жендеттерінің біріне: бірақ жендет есікке жетпестен, Қалпақты зым-зия болды.

"Келесі куәгерді шақыр!" деді Патша.

Келесі куәгер Герцогиняның аспазы болатын. Аспаздың қолында бұрыш салған қағаз болатын, есік жанында отырған кісілер түшкіре бастағандықтан, залға кірместен бұрын, Әлисә оның кім екенін бірден таныды.

“Айғағыңды бер,” деді Патша.

“Бермеспін,” деді аспаз.

Патша Ақ Қоянға қобалжи қарап, ол болса жәй үнмен, “Мәртебелім *бұл* куәгерді дұрыстап тексеру керек,” деді.

“Тексеруім керек болса, тексерермін,” деді Патша жабыраңқы үнмен, қолын бүтіп, аспаз кеткенге дейін қабағын түйіп, ауыр үнмен, “Бәліштер неден жасалған?” деді.

“Бұрыштан,” деді аспаз.

“Сироптан,” деді арт жағынан ұйқылы дауыс.

“Жағасынан алыңдар,” деп Мәтке шыңғырып жіберді. “Ана Маубасардың басын алыңдар! Сот залынан шығарыңдар! Үнін шығармаңдар! Шымшы! Мұртын жұлыңдар!”

Бір сәтке бүкіл сот іші Маубасардың шығарылғанына қарап, жаңылысып қалды, өз-өздеріне келгенше, аспаз көзден ғайып болды.

“Мән бермеңдер!” деді Патша көңілі орнына түсіп. “Келесі куәгерді шақырыңдар.” Мәткеге қарап, “Құрметтім, сен келесі куәгерді шынымен де дұрыс тексеруің керек. Басымды ауыртады!”

Әлисә Ақ Қоянның тізімді түрте қарағанына көз салып, келесі куәгер қандай екен деп білгісі келді, “—айғақтары жеткіліксіз,” деді ол өз-өзіне. Ақ Қоян шыңғырған дауыспен “Әлисә!” деп оқып қалғанда, қыз аузын ашып қалды.

Әлисәнің айғағы

"Мында!" деп Әлисә айқайлап жіберді; айналадағы тынышсыздықтан ол соңғы минутта қалай өсіп кеткенін байқамай қалып, асыға секіріп түсіп, қазылар отыратын жерді кең етегінің шетімен аударып жіберіп, барлық қазыларды төменде отырған көпшіліктің үстіне құлатып, олар жерде сұлап жатқанда, қыздың есіне алдыңғы аптада байқамай құлатып жіберген алтын балық салынған ыдыс түсті.

"Өтінемін!" деп айқайлап жіберді қыз үрейден, тез арада жинай бастап, есінен алтын балық кетпей, бәрін бірдей жинап алып, қазылар отыратын жерге қоймаса, өліп қалар деген ой келді.

"Сотты жалғастыра алмаймыз," деді Патша өте қатаң үнмен, "барлық қазылар орындарына оралмайынша— *барлығы*," деп ол Әлисәға қатал қарап тұрып қайталады.

Әлисә қазылар отырған жерге көз салды, асығамын деп Кесірткені басымен төмен салбыратып қойғанда, ол бейшара қозғала алмай, құйрығын көңілсіз бұлғаңдап тұр. Қыз оны босатып, қайтадан орнына қойды; "айырмашылығы жоқ," деді ол өз-өзіне; "Басқалар сияқты тұрып тұрса, пайдасы тиер еді."

Қазылар орындарына келгеннен кейін, тақтайшалары мен қарындаштары қайтарылып, болған апаттың тарихын тәптіштеп жазуға кірісті; тек Кесіртке қана ешнәрсе істей алмай, аузын ашып, сот залының төбесіне тесіріле қарады.

"Бұл туралы не білесің өзің?" деді Патша Әлисәға.

"Ешнәрсе," деді Әлисә.

"*Не де болса* ешнәрсе?" деп сұрап қоймады Патша.

"Не де болса ешнәрсе," деді Әлисә.

"Бұл өте маңызды," деді Патша қазыларға қарап. Олар патшаның айтқанын тақтайшаларына жаза бастаған кезде, Ақ Қоян: "*Маңызды емес, дегісі келді Мәртебелім,*" деді сыпайы үнмен, бірақ та қабағын түйіп, Патшаға қарап бетін тыжырайтты.

"Әрине, *маңызды емес*, деп айтқым келді," деді Патша артынша сөзін дұрыстап, "маңызды—маңызды емес—маңызды емес—маңызды—" деп қайсысы жағымды естіледі дегендей жәй үнмен өз-өзіне қайталады.

Қазылардың кейбірі, "маңызды", кейбірі "маңызды емес" деп жазды. Әлисә жақын тұрғандықтан, олардың не жазғанын көріп; "бәрібір емес пе," деп ішінен ойлады.

Осы сәтте дәптеріне бірнәрсе жазудан қолы босамаған Патша "Тыныш!" деп айқайлап, кітабынан "Қырық екінші Ереже. *Бойы бір жарым метрден асатын жандар сот залынан кету керек*," деп оқыды.

Барлығы Әлисәға бұрылып қарады.

"*Менің* бойым бір жарым метр емес," деді Әлисә.

"Иә, солай," деді Патша.

"Үш метрге жетіп қалады," деп қосылды Мәтке.

"Бәрібір де бармаспын," деді Әлисә: "оның үстіне бұл әдетке енгізілген қағида емес: өзің жаңа ғана ойлап шығардың."

"Бұл кітаптағы ежелгі қағида," деді Патша.

"Онда ол Номері Бірінші болу керек," деді Әлисә.

Патшаның түсі бұзылып кетіп, дәптерін асыға жауып тастады. "Үкімдеріңді ойланыңдар," деді ол қазыларға, қалтыраған үнмен.

"Көрсететін тағы айғақтар бар, Мәртебелім," деді Ақ Қоян, асыға секіріп; "мына қағаз жаңа ғана әкелінді."

"Онда не делінген?" деді Мәтке.

"Әлі ашқаным жоқ," деді Ақ Қоян, "хат секілді, бір тұтқынның—белгісіз біреуге жазғаны секілді."

"Солай болуы керек," деді Патша, "ешкімге арналғаны болмаса, ол да мүмкін емес, өздеріңізге мәлім."

"Кімге арналған?" деді қазылардың бірі.

"Ешкімге де арналмаған," деді Ақ Қоян; "расында да, сыртында *ешнәрсе* жазылмаған." Сөйлеп жатып, қағазды ашып қарап, "Хат емес екен: өлеңдер шумағы."

"Тұтқынның қолымен жазылған ба?" деп сұрады қазылардың тағы біреуі.

"Жоқ," деді Ақ Қоян, "оғаш жері де сол." (Қазылар алқасы да түсінбегендіктерін білдіртті.)

"Өгде біреудің жазуына еліктеп жазған болуы керек," деді Патша. (Қазылардың көздері қайтадан жадырай салды.)

"Өтінем Мәртебелім," деді Балта, "Мен жазған емеспін, олар мен жазды деп дәлелдей алмайды: хаттың соңында ешкім қол қоймаған."

"Сен қол қоймасаң," деді Патша, "жағдайды бұл одан да қиындатады. Бірнәрсә бүлдіргенің болу *керек*, әйтпесе адал кісі ретінде қолыңды қояр едің."

Бұған бәрі шапалақтай қалды: Патшаның сол күнге айтқан алғашқы тапқыр сөзі еді.

"Бұл оның кінәлі екенін *көрсетеді*," деді Мәтке: "сонымен доғарайық—"

"Бұл ешнәрсені де дәлелдемейді!" деді Әлисә. "Неге десеңіз, онда не жазылғаны туралы хабарсызсыз!"

"Оқышы," деді Патша.

Ақ Қоян көзілдірігін киді. "Қай жерден бастайын Мәртебелім?" деп сұрады ол.

"Басынан баста," деді Патша өте салмақты үнмен, "аяғына жеткенге дейін жалғастыр: сонан соң тоқта."

Ақ Қоян келесі жолдарды оқи бастағанда, сот залында жаппай үнсіздік орнады:—

> *Естігенім қызбенен сен сөйлестің,*
> *Жігітке де мен туралы тіл қаттың:*
> *Қыз мен жайлы жаман емес ой айтқан:*
> *"Жүзуден ол бойын ұстар аулақтан".*

Болмағаным сол жерде рас болса
(Баршылыққа растығы мәлім ед):
Айғақты іздеп қыз таппаса,
Не деген дәлел айтар ең?

Мен "бір" десем, олар "екі" ұстатты,
Сіз бізге "үш" не көп бердіңіз;
Қайта оралып сізге бәрі қайтқанмен,
Қайтар бері айталмадым ымдап та.

Сол қыз бұған қол салса,
Араласып лаңды істерге,
Босатар деп сізге сенген бейшара,
Басымызды бір қосқанда жете ме.

Сенемін сіз кінәсіз пендесіз,
(Қызға қонған бұл не пәле)
Арамызға түскен залым іс,
Отқа бірге ала кетер бәрін де.

Айта көрме жігітке сен бұл жайды,
Білгенменен кімге түсер не пайда
Құпиямыз арамызда осылай,
Қала берсін көпшілікке шайқалмай."

"Бұл бұрын біз естімеген өте маңызды айғақ," деді Патша, қолын ысқылап; "енді қазылар——"

"Қазылардың біреуі түсіндіріп бере алса," деді Әлисә (соңғы минутта бойының өскендігі сонша, Патшаның сөзін бөлуден жасқанбады), "Ол кісіге алты пұл беремін. Бір тұтам мән-мағына жоқ айтқанында."

Қазылар айтылғанның бәрін тақтаға жазып алды, "Ол бір тұтам мән-мағына жоқ деп ойлайды," алайда ешбіреуі де хаттың мәнін түсіндіруге талпынбады.

"Ешқандай мән-мағына жоқ болса," деді Патша, "басымызды көп машақаттан сақтайтын болды, іздеп әуре болмаймыз. Алайда күмәнім бар," деп сөзін жалғастырды ол, өлеңді тізесіне қойып, бір көзімен сығырайтып; "Мән-мағына тапқандай болам. "—*жүзе алмаймын деген—*" сен жүзе алмайсың ғой, солай ма?" деді ол, Балтаға бұрылып.

Балта көңілсіз басын шайқады. "Мен сондай кісіге ұқсаймын ба?" деді ол. (Қатырма қағаздан жасалғандықтан, ұқсамайтыны рас еді.)

"Осымен доғарайық," деді Патша; өлең жолдарын өзіне қайталай бастады: "'*Рас екенін білеміз*'—қазыларды айтқан шығар—'*Ол әрі қарай қыса түссе*'—Мәтке жайында айтқандары болу керек—'*Сенің жағдайың не болар?*'—Не болар, расында да!—'*Мен оған біреуін, олар екеуін берді*'—бәліштерді меңзегені болуы керек, деймін—"

Әлі де жалғасы бар ғой "*Олардың барлығы одан кетіп, саған келді*" деп үн қатты Әлисә.

"Бұлар неғып жатыр!" деді Патша басымды үнмен, үстелдегі бәліштерді нұсқап. "Бұдан әрі анықтап қажет емес. Дегенмен, *'оның ұстамасынан бұрын'*—бұрын-соңды сенің ұстамаң болып көрген емес қой, қымбаттым, солай ма?" деді ол Мәткеге.

"Ешқашан да!" деді Мәтке ызаға булығып, сияны Кесірткеге шашып жіберді (Бейшара кішкентай Билл тақтадағы жазуын қалдырып кеткен жерінен жалғастыра бастады; бетінен аққан сияны барынша пайдаланып қалды.)

"Оның үстіне сөздер де сені ұстап қалмайды," деді Патша күлімсірей сот залына айнала көз салып. Жаппай үнсіздік орнады.

"Бұл сөздердің ауыспалы мағынасы!" деді Патша ашулы үнмен; барлығы күліп жіберді. "Қазылар үкімін тағайындасын," деді Патша, бір күннің ішінде сол сөзді жиырмасыншы рет қайталап.

"Жо-жоқ!" деді Мәтке. "Алдымен соттау—үкім артынан."

"Неткен сандырақ!" деді Әлисә даусын көтеріп. "Соттауды бірінші қою!"

"Тарт кәне тіліңді!" деді Мәтке, өңі көгеріп.

"Тартпаймын!" деді Әлисә.

"Басын алыңдар!" деп шыңғырды Мәтке бар дауысымен. Адам да қозғалмады.

"Сені кім тыңдасын?" деді Әлисә (бұл кезде ол бұрынғы өз бойына толық оралған еді.) "Бар болғаны ойнайтын картасың!"

Осы кезде картаның бәрі көтеріліп, қыздың төбесін айнала ұшты; Әлисә әрі қорыққанынан әрі ызадан айқайлап жіберді, қолымен әрі итеруге тырысып, жағадан бір шықты; Әлисәнің басын алдына қойған әпкесі бетіне түскен жапырақтарды ақырын ысырып жатқан.

"Тұр, Әлисә жаным!" деді әпкесі, "Көп ұйықтадың ғой!"

"Біртүрлі қызық түс көрдім!" деді Әлисә. Ол әпкесіне сен оқып отырған қызықты Оқиғалар жайында әңгімелеп берді; қыз айтып болғаннан кейін, әпкесі оның бетінен сүйіп, былай деді, "Айтқаныңдай, өте қызық түс *болған* екен; енді шайыңды іш: кеш түсіп бара жатыр." Әлисә орнынан тұрып, шауып кетті, бара жатып қандай ғажайып түс көргенін ойлады.

Алайда оның әпкесі отырған жерінен қозғалмады, басын қолына жантайтып, күннің батқанына қарап, Әлисә мен оның ғажайып Оқиғалары туралы ойлап, өзі де көп кешікпей түс көрді:—

Алдымен ол кішкентай Әлисәнің өзін көрді: кішкене қолдарымен тізесін құшақтап алған, жарқыраған, құштар көздерімен әпкесіне қарап қалған—өз-өзінің даусын естіп, басын шайқап көзіне түсе берген шашын алмақшы болғанын көрді—әйтсе де тыңдай түсіп, айналасы сіңлісінің түсіндегі оғаш тіршілік иелеріне толып кетті.

Ақ Қоян жүгіріп өткенде, аяқ астынан шөптер сыбдырлады—үріккен Тышқан таяуда тұрған көлшіктен шылпып өтті—Наурыз Көжегі мен достарының бітпес астарын ішкендегі шынаяқтардың сылдырлағаны, Мәткенің жолы болмаған қонақтарының басын алуды бұйырған ащы дауысы да естілді—торай тағы да Герцогиняның тізесіне түшкіріп жатырды, айналадағы тәрелкелер мен ыдыстар сынып жатқанына қарамай— Грифонның шаңқылдауы, Кесірткенің тақтаға жазатын қарындашының сықыры, теңіз торайлардың тұншыққан үні, кеңістікті толтыра, Тасбақа-мыстың да алыстан естілген боздауы да араласып жатты.

Осылайша көзін жұмып отырған күйі, Ғажайып Елде тұрғанына сенер-сенбесін білмей, көзін ашқанда осының бәрі қызықсыз шын өмірге айналатын түсінді—шөп желде жәй сылдырлап қана, көлшік қамыс толқуымен ағып— шынаяқтардың сылдырлауы қойдың қоңырауының шылдырлағанына айналып, Мәткенің ащы үні шопан баланың даусына—сәбидің түшкіруі, Грифонның айқайы, басқа да оғаш дыбыстар (өзі білгендей) жұмыс қайнаған мал қораның абыр- дабырына айналады—Тасбақа-мыстың алыстан шыққан ауыр зары баспақтың мөңіреуіне ұласар.

Ақыр соңында, көз алдына кішкене сіңлісінің уақыт өте есейіп ана болатыны; балалық шағының қарапайым, сүйіспеншілікке толы жүрегін үнемі жадында сақтайтыны; сәбилерін айнала жинап отырғызып; не түрлі қызықты ертегімен олардың көздерін жайнатып, тіпті мүмкін баяғының Ғажайып Елінің қияли әңгімесін де ортаға салып; кішкентайлардың болмашы уайымдарын біле тұра, күнделікті өмірдің қуаныштарына бөленіп, өз балалық шағы мен бақытты жаз кезін есіне түсер.

Снаркаловы (Snarkalovy),
The Hunting of the Snark in Belarusian, tr. Max Ščur, forthcoming

Crystal's Adventures in A Cockney Wonderland,
Alice in Cockney Rhyming Slang, tr. Charlie Lovett, 2015

Aventurs Alys in Pow an Anethow,
Alice in Cornish, tr. Nicholas Williams, 2015

Alice's Ventures in Wunderland,
Alice in Cornu-English, tr. Alan M. Kent, 2015

Maries Hændelser i Vidunderlandet, *Alice* in Danish, tr. D.G., forthcoming

آلیس در سرزمین عجایب (Âlis dar Sarzamin-e Ajâyeb),
Alice in Dari, tr. Rahman Arman, 2015

Äventyrä Alice i Underlandä,
Alice in Elfdalian, tr. Inga-Britt Petersson, 2018

La Aventuroj de Alicio en Mirlando,
Alice in Esperanto, tr. E. L. Kearney (1910), 2009

La Aventuroj de Alico en Mirlando,
Alice in Esperanto, tr. Donald Broadribb, 2012

Trans la Spegulo kaj kion Alico trovis tie,
Looking-Glass in Esperanto, tr. Donald Broadribb, 2012

Les Aventures d'Alice au pays des merveilles,
Alice in French, tr. Henri Bué, 2015

Les Aventures d'Alice au pays des merveilles,
Alice in French, tr. Henri Bué, illus. Mathew Staunton, 2015

ელისის თავგადასავალი საოცრებათა ქვეყანაში
(Elisis t'avgadasavali saoc'rebat'a k'veqanaši),
Alice in Georgian, tr. Giorgi Gokieli, 2016

Alice's Abenteuer im Wunderland,
Alice in German, tr. Antonie Zimmermann, 2010

Die Lissel ehr Erlebnisse im Wunnerland,
Alice in Palantine German, tr. Franz Schlosser, 2013